U0881305

生命中无意的宁静

林徽因

名家散文经典 精装美绘版

林徽因　著

长江出版传媒 | 长江文艺出版社

目录

悼志摩[1]

十一月十九日我们的好朋友，许多人都爱戴的新诗人，徐志摩突兀地，不可信地，惨酷地，在飞机上遇险而死去。这消息在二十日的早上像一根针刺猛触到许多朋友的心上，顿使那一早的天墨一般地昏黑，哀恸的咽哽锁住每一个人的嗓子。

志摩……死……谁曾将这两个句子联在一处想过！他是那样活泼的一个人，那样刚刚站在壮年的顶峰上的一个人。朋友们常常惊讶他的活动，他那像小孩般的精神和认真，谁又会想到他死？

突然的，他闯出我们这共同的世界，沉入永远的静寂，不给我们一点预告，一点准备，或是一个最后希望的余地。这种几乎近于忍心的决绝，那一天不知震麻了多少朋友的心？现在那不能否认的事实，仍然无情地挡在我们前面。任凭我们多苦楚的哀悼他的惨死，多迫切的希冀能够仍然接触到他原来的音容，事实是不会为体贴我们这悲念而有些须更改；而他也再不会为不忍我们这伤悼而有些须活动的可能！这难堪的永远静寂和消沉便是死的最残酷处。

我们不迷信的，没有宗教地望着这死的帏幕，更是丝毫没有把握。张开口我们不会呼吁，闭上眼不会入梦，徘徊在理智和情感的边沿，我们不能预期后会，对这死，我们只是永远发怔，吞咽枯涩的泪，待时间来剥削这哀恸的尖锐，痂结我们每次悲悼的创伤。那一天下午初

1. 原载 1931 年 12 月 7 日《北平晨报》第九版“背晨学园　哀悼志摩专号”。

得到消息的许多朋友不是全跑到胡适之先生家里么？但是除去拭泪相对，默然围坐外，谁也没有主意，谁也不知有什么话说，对这死！

谁也没有主意，谁也没有话说！事实不容我们安插任何的希望，情感不容我们不伤悼这突兀的不幸，理智又不容我们有超自然的幻想！默然相对，默然围坐……而志摩则仍是死去没有回头，没有音讯，永远地不会回头，永远地不会再有音讯。

我们中间没有绝对信命运之说的，但是对着这不测的人生，谁不感到惊异，对着那许多事实的痕迹又如何不感到人力的脆弱，智慧的有限。世事尽有定数？世事尽是偶然？对这永远的疑问我们什么时候能有完全的把握？

在我们前边展开的只是一堆坚质的事实：

“是的，他十九晨有电报来给我……

“十九早晨，是的！说下午三点准到中苑，派车接……

“电报是九时从南京飞机场发出的……

“刚是他开始飞行以后所发……

“派车接去了，等到四点半……说飞机没有到……

“没有到……航空公司说济南有雾……很大……”只是一个钟头的差别；下午三时到南苑，济南有雾！谁相信就是这一个钟头中便可以有这么不同事实的发生，志摩，我的朋友！

他离平的前一晚我仍见到，那时候他还不知道他次晨南旅的，飞机改期过三次，他曾说如果再改下去，他便不走了的。我和他同由一个茶会出来，在总布胡同口分手。在这茶会里我们请的是为太平洋会议来的一个柏雷博士，因为他是志摩生平最爱慕的女作家曼殊斐儿的姊丈，志摩十分的殷勤；希望可以再从柏雷口中得些关于曼殊斐儿早年的影子，只因限于时间，我们茶后匆匆地便散了。晚上我有约会出去了，回来时很晚，听差说他又来过，适遇我们夫妇刚走，他自己坐了一会儿，喝了一壶茶，在桌上写了些字便走了。我到桌上一看：——

"定明早六时飞行，此去存亡不卜……"我怔住了，心中一阵不痛快，却忙给他一个电话。

"你放心。"他说，"很稳当的，我还要留着生命看更伟大的事迹呢，哪能便死……"

话虽是这样说，他却是已经死了整两周了！

凡是志摩的朋友，我相信全懂得，死去他这样一个朋友是怎么一回事！

现在这事实一天比一天更结实，更固定，更不容否认。志摩是死了，这个简单惨酷的实际早又添上时间的色彩，一周，两周，一直的增长下去……

我不该在这里语无伦次地尽管呻吟我们做朋友的悲哀情绪。归根说，读者抱着我们文字看，也就是像志摩的请柏雷一样，要从我们口里再听到关于志摩的一些事。这个我明白，只怕我不能使你们满意，因为关于他的事，动听的，使青年人知道这里有个不可多得的人格存在的，实在太多，决不是几千字可以表达得完。谁也得承认像他这样的一个人世间便不轻易有几个的，无论在中国或是外国。

我认得他，今年整十年，那时候他在伦敦经济学院，尚未去康桥。我初次遇到他，也就是他初次认识到影响他迁学的逖更生先生。不用说他和我父亲最谈得来，虽然他们年岁上差别不算少，一见面之后便互相引为知己。他到康桥之后由逖更生介绍进了皇家学院，当时和他同学的有我姊丈温君源宁。一直到最近两月中源宁还常在说他当时的许多笑话，虽然说是笑话，那也是他对志摩最早的一个惊异的印象。志摩认真的诗情，绝不含有丝毫矫伪，他那种痴，那种孩子似的天真实能令人惊讶。源宁说：有一天他在校舍里读书，外边下了倾盆大雨——唯是英伦那样的岛国才有的狂雨——忽然他听到有人猛敲他的房门，外边跳进一个被雨水淋得全湿的客人。不用说他便是志摩，一进门一把扯着源宁向外跑，说快来我们到桥上去等着。这一来把源宁怔住了，他问志摩等什么在这大雨里。志摩睁大了眼睛，孩子似的高兴地说“看雨后的虹去”。源宁不止说他不去，并且劝志摩趁早将湿透的衣服换下，再穿上雨衣出去，英国的湿气岂是儿戏，志摩不等他说完，一溜烟地自己跑了！

以后我好奇地曾问过志摩这故事的真确，他笑着点头承认这全段故事的真实。我问：那么下文呢，你立在桥上等了多久，并且看到

虹了没有？他说记不清但是他居然看到了虹。我诧异地打断他对那虹的描写，问他：怎么他便知道，准会有虹的。他得意地笑答我说：“完全诗意的信仰！”

“完全诗意的信仰”，我可要在这里哭了！也就是为这“诗意的信仰”他硬要借航空的方便达到他“想飞”的宿愿！“飞机是很稳当的，”他说，“如果要出事那是我的运命！”他真对运命这样完全诗意的信仰！

志摩我的朋友，死本来也不过是一个新的旅程，我们没有到过的，不免过分地怀疑，死不定就比这生苦，“我们不能轻易断定那一边没有阳光与人情的温慰”，但是我前边说过最难堪的是这永远的静寂。我们生在这没有宗教的时代，对这死实在太没有把握了。这以后许多思念你的日子，怕要全是昏暗的苦楚，不会有一点点光明，除非我也有你那美丽的诗意的信仰！

我个人的悲绪不禁又来扰乱我对他生前许多清晰的回忆，朋友们原谅。

诗人的志摩用不着我来多说，他那许多诗文便是估价他的天平。我们新诗的历史才是这样的短，恐怕他的判断人尚在我们儿孙辈的中间。我要谈的是诗人之外的志摩。人家说志摩的为人只是不经意的浪漫，志摩的诗全是抒情诗，这断语从不认识他的人听来可以说很公平，从他朋友们看来实在是对不起他。志摩是个很古怪的人，浪漫固然，但他人格里最精华的却是他对人的同情，和蔼，和优容。没有一个人他对他不和蔼；没有一种人，他不能优容；没有一种的情感，他绝对地不能表同情。我不说了解，因为不是许多人爱说志摩最不解人情么？我说他的特点也就在这上头。

我们寻常人就爱说了解，能了解的我们便同情，不了解的我们便很落漠乃至于酷刻。表同情于我们能了解的，我们以为很适当；不表同情于我们不能了解的，我们也认为很公平。志摩则不然，了解与不了解，他并没有过分地夸张，他只知道温存，和平，体贴。只要他知道有情感的存在，无论出自何人，在何等情况之下，他理智上认为适当与否，他全能表几分同情，他真能体会原谅他人与他自己不相同处。从不会刻薄地单支出严格的迫仄的道德的天平指谪凡是与他不同的人。他这样的温和，这样的优容，真能使许多人惭愧，我可以忠实地说，至少他要比我们多数的人伟大许多；他觉得人类各种的情感动作全有它不同的，价值放大了的人类的眼光，同情是不该只限于我们划定的范围内。他是对的，朋友们，归根说，我们能够懂得几个人，了解几桩事，几种情感？哪一桩事，哪一个人没有多面的看法！为此说来志摩朋友之多，不是个可怪的事；凡是认得他的人不论深浅对他全有特殊的感情，也是极自然的结果。而反过来看他自己在他一生的过程中却是很少得着同情的。不止如是，他还曾为他的一点理想的愚诚几次几乎不见容于社会。但是他却未曾为这个而鄙吝他给他人的同情心，他的性情，不曾为受了刺激而转变刻薄暴戾过，谁能不承认他几有超人的宽量。

志摩的最动人的特点，是他那不可信的纯净的天真，对他的理想的愚诚，对艺术欣赏的认真，体会情感的切实，全是难能可贵到极点。他站在雨中等虹，他甘冒社会的大不韪争他的恋爱自由；他坐曲折的火车到乡间去拜哈代，他抛弃博士一类的引诱卷了书包到英国，只为要拜罗素做老师，他为了一种特异的境遇，一时特异的感动，从此在生命途中冒险，从此抛弃所有的旧业，只是尝试写几行新诗——这几年新诗尝试的运命并不大令人踊跃，冷嘲热骂只是家常便饭——他常能走几里路去采几茎花，费许多周折去看一个朋友说两句话；这些，还有许多，都不是我们寻常能够轻易了解的神秘。我说神秘，其实竟许是傻，是痴！事实上他只是比我们认真，虔诚到傻气，到痴！他愉快起来他的快乐的翅膀可以碰得到天，他忧伤起来，他的悲戚是深得没有底。寻常评价的衡量在他手里失了效用，利害轻重他自有他的看法，纯是艺术的情感的脱离寻常的原则，所以往常人常听到朋友们说到他总爱带着嗟叹的口吻说：“那是志摩，你又有什么法子！”他真的是个怪人么？朋友们，不，一点都不是，他只是比我们近情，近理，比我们热诚，比我们天真，比我们对万物都更有信仰，对神，对人，对灵，对自然，对艺术！

朋友们我们失掉的不止是一个朋友，一个诗人，我们丢掉的是个极难得可爱的人格。

至于他的作品全是抒情的么？他的兴趣只限于情感么？更是不对。志摩的兴趣是极广泛的。就有几件，说起来，不认得他的人便要奇怪。他早年很爱数学，他始终极喜欢天文，他对天上星宿的名字和部位就认得很多，最喜暑夜观星，好几次他坐火车都是带着关于宇宙的科学的书。他曾经译过爱因斯坦的《相对论》，并且在一九二二年便写过一篇关于相对论的东西登在《民铎》杂志上。他常向思成说笑："任公先生的相对论的知识还是从我徐君志摩大作上得来的呢，因为他说他看过许多关于爱因斯坦的哲学都未曾看懂，看到志摩的那篇才懂了。"今夏我在香山养病，他常来闲谈，有一天谈到他幼年上学的经过和美国克莱克大学两年学经济学的景况，我们不禁对笑了半天，后来他在他的《猛虎集》的"序"里也说了那么一段。可是奇怪的！他不像许多天才，幼年里上学，不是不及格，便是被斥退，他是常得优等的，听说有一次康乃尔暑校里一个极严的经济教授还写了信去克莱克大学教授那里恭维他的学生，关于一门很难的功课。我不是为志摩在这里夸张，因为事实上只有为了这桩事，今夏志摩自己便笑得不亦乐乎！

此外他的兴趣对于戏剧绘画都极深浓，戏剧不用说，与诗文是那么接近，他领略绘画的天才也颇可观，后期印象派的几个画家，他都有极精密的爱恶，对于文艺复兴时代那几位，他也很熟悉，他最爱鲍蒂切利和达文骞。自然他也常承认文人喜画常是间接地受了别人论文的影响，他的，就受了法兰（Roger Fry）和斐德（Walter Pater）的不少。对于建筑审美他常常对思成和我道歉说："太对不起，我的建筑常识全是 Ruskins 那一套。"他知道我们是最讨厌 Ruskins 的。但是为看一个古建的残址，一块石刻，他比任何人都热心，都更能静心领略。

他喜欢色彩，虽然他自己不会作画，暑假里他曾从杭州给我几封信，他自己叫它们做“描写的水彩画”，他用英文极细致地写出西（边？）桑田的颜色，每一分嫩绿，每一色鹅黄，他都仔细地观察到。又有一次他望着我园里一带断墙半晌不语，过后他告诉我说，他正在默默体会，想要描写那墙上向晚的艳阳和刚刚入秋的藤萝。

对于音乐，中西的他都爱好，不止爱好，他那种热心便唤醒过北京一次——也许唯一的一次——对音乐的注意。谁也忘不了那一年，克拉斯拉到北京在“真光”拉一个多钟头的提琴。[1] 对旧剧他也得算“在行”，他最后在北京那几天我们曾接连地同去听好几出戏，回家时我们讨论的热闹，比任何剧评都诚恳都起劲。

谁相信这样的一个人，这样忠实于“生”的一个人，会这样早地永远地离开我们另投一个世界，永远地静寂下去，不再透些须声息！

我不敢再往下写，志摩若是有灵听到比他年轻许多的一个小朋友拿着老声老气的语调谈到他的为人不觉得不快么？这里我又来个极难堪的回忆，那一年他在这同一个的报纸上写了那篇伤我父亲惨故的文章[2]，这梦幻似的人生转了几个弯，曾几何时，却轮到我在这风紧夜深里握吊他的惨变。这是什么人生？什么风涛？什么道路？志摩，你这最后的解脱未始不是幸福，不是聪明，我该当羡慕你才是。

---

1. 指美籍小提琴家 Fritz Kreisler，“真光”指真光电影院，现儿童剧院。

2. 指徐志摩 1926 年 2 月所作《伤双栝老人》一文。

惟其是脆嫩[1]

活在这非常富于刺激性的年头里，我敢喘一口气说，我相信一定有多数人成天里为观察听闻到的，牵动了神经，从跳动而有血裹着的心底下累积起各种的情感，直冲出嗓子，逼成了语言到舌头上来。这自然丰富的累积，有时更会倾溢出少数人的唇舌，再奔迸到笔尖上，另具形式变成在白纸上驰骋的文字。这种文字便全是我们这个时代的出产，大家该千万珍视它！

现在，无论在哪里，假如有一个或多种的机会，我们能把许多这种自然触发出来的文字，交出给同时代的大众见面，因而或能激动起更多方面，更复杂的情感，和由这情感而形成更多方式的文字；一直造成了一大片丰富而且有力的创作的田壤，森林，江山……产生结结实实的我们这个时代特有的表情和文章；我们该不该诚恳的注意到这机会或能造出的事业，各人将各人的一点点心血献出来尝试？

假使，这里又有了机会联聚起许多人，为要介绍许多方面的文字，……更进而研讨文章的质的方面；或指出以往文章的历程，或讲究到各种文章上比较的问题，进而无形的讲究到程度和标准等问题。我又敢相信，在这种景况下定会发生更严重鼓励写作的主动力。使创作界增加问题，或许。惟其是增加了问题，才助益到创造界的活泼和健康。文艺绝不是蓬勃丛生的野草。

1. 原载 1933 年 9 月 3 日《大公报·文艺副刊》第 1 期，署名徽因。

我们可否直爽的承认一桩事？创作的鼓动时常要靠着刊物把它的成绩布散出去吹风，晒太阳，和时代的读者把晤的。被风吹冷了，太阳晒萎了，固常有的事。被读者所欢迎，所冷淡，或误会，或同情，归根应该都是激动创造力的药剂！至于，一来就高举趾，二来就气馁的作者，每个时代都免不了有他们起落踪迹。这个与创作界主体的展动只成枝节问题。哪一个创作兴旺的时代缺得了介绍散布作品的刊物，同那或能同情，或不了解的读众？

创作品是不能不与时代见面的，虽然作者的名姓，则并不一定。伟大作品没有和本时代见面，而被他时代发现珍视的固然有，但也只是偶然例外的事。希腊悲剧是在几万人前面唱演的；莎士比亚的戏更是街头巷尾的粗人都看得到的。到有刊物时代的欧洲，更不用说，一首诗文出来人人争买着看，就是中国在印刷艰难的时候，也是什么“传诵一时”；什么“人手一抄”等……

创作的主力固在心底，但逼迫着这只有时间性的情绪语言而留它在空间里的，却常是刊物这一类的鼓励和努力所促成。

现走遍人间是能刺激起创作的主力。尤其在中国，这种日子，那一副眼睛看到了些什么，舌头底下不立刻紧急的想说话，乃至于歌泣！如果创作界仍然有点消沉寂寞的话——努力的少，尝试的稀罕——那或是有别的缘故而使然。我们问：能鼓励创作界的活跃性的是些什么？刊物是否可以救济这消沉的？努力过刊物的诞生的人们，一定知道刊物又时常会因为别的复杂原因而夭折的。它常是极脆嫩的孩儿……那么有创作冲动的笔锋，努力于刊物的手臂，此刻何不联在一起，再来一次合作逼着创造界又挺出一个新鲜的萌芽！管它将来能不能成田壤，成森林，成江山，一个萌芽是一个萌芽。脆嫩？惟其是脆嫩，我们大家才更要来爱护它。

这时代是我们特有的，结果我们单有情感而没有表现这情绪的艺术，眼看着后代人笑我们是黑暗时代的哑子，没有艺术，没有文章，乃至于怀疑到我们有没有情感！

回头再看到祖宗传流下那神气的衣钵，怎不觉得惭愧！说世乱，杜老头子过的是什么日子！辛稼轩当日的愤慨当使我们同情！……何必诉，诉不完。难道现在我们这时代没有形形色色的人物，喜剧悲剧般的人生作题？难道我们现时没有美丽，没有风雅，没有丑陋、恐慌，没有感慨，没有希望？！难道连经这些天灾战祸，我们都不会描述，身受这许多刺骨的辱痛，我们都不会愤慨高歌迸出一缕滚沸的血流？！

难道我们真麻木了不成？难道我们这时代的语辞真贫穷得不能达意？难道我们这时代真没有学问真没有文章？！朋友们努力挺出一根活的萌芽来，记着这个时代是我们的。

山西通信[1]

××××：

居然到了山西，天是透明的蓝，白云更流动得使人可以忘记很多的事，单单在一点什么感情底下，打滴溜转；更不用说到那山山水水，小堡垒，村落，反映着夕阳的一角庙，一座塔！景物是美得到处使人心慌心痛。

我是没有出过门的，没有动身之前不容易动，走出来之后却就不知道如何流落才好。旬日来眼看去的都是图画，日子都是可以歌唱的古事。黑夜里在山场里看河南来到山西的匠人，围住一个大红炉子打铁，火花和铿锵的声响，散到四团黑影里去。微月中步行寻到田陇废庙，划一根"取灯"偷偷照看那瞭望观音的脸，一片平静，几百年来，没有动过感情的，在那一闪光底下，倒像挂上一缕笑意。

我们因为探访古迹走了许多路；在种种情形之下感慨到古今兴废。在草丛里读碑碣，在砖堆中间偶然碰到菩萨的一双手一个微笑，都是可以激动起一些不平常的感觉来的。乡村的各种浪漫的位置，秀丽天真；中间人物维持着老老实实的鲜艳颜色，老的扶着拐杖，小的赤着胸背，沿路上点缀的，尽是他们明亮的眼睛和笑脸。由北平城里来的我们，东看看，西走走，夕阳背在背上，真和掉在另一个世界里一样！云块，天，和我们之间似乎失掉了一切障碍。我乐时就高兴的

1. 原载1934年8月25日《大公报·文艺副刊》第96期第12版。

笑，笑声一直散到对河对山，说不定哪一个林子，哪一个村落里去！我感觉到一种平坦，竟许是辽阔，和地面恰恰平行着舒展开来，感觉的最边沿的边沿，和大地的边沿，永远赛着向前伸……

我不会说，说起来也只是一片疯话人家不耐烦听。让我描写一些实际情形我又不大会，总而言之，远地里，一片田亩有人在工作，上面青的，黄的，紫的，分行的长着；每一处山坡上，有人在走路，放羊，迎着阳光，背着阳光，投射着转动的光影；每一个小城，前而站着城楼，旁边睡着小庙，那里又托出一座石塔，神和人，都服帖的，满足的，守着他们那一角天地，近地里，则更有的是热闹，一条街里站满了人，孩子头上梳着三个小辫子的，四个小辫子的，乃至于五六

个小辫子的，衣服简单到只剩一个红兜肚，上面隐约也绣有她嬷嬷挑的两三朵花！

娘娘庙前面树荫底下，你又能阻止谁来看热闹？教书先生出来了，军队里兵卒拉着马过来了，几个女人娇羞的手拉着手，也扭着来站在一边了，小孩子争着挤，看我们照相，拉皮尺量平面，教书先生帮忙我们拓碑文。说起来这个那个庙，都是年代可多了，什么时候盖的，谁也说不清了！说话之人来得太多，我们工作实在发生困难了，可是我们大家都顶高兴的，小孩子一边抱着饭碗吃饭，一边睁着大眼看，一点子也不松懈。

我们走时总是一村子的人来送的，儿媳妇指着说给老婆婆听，小孩们跑着还要跟上一段路。开栅镇，小相村，大相村，哪一处不是一样的热闹，看到北齐天保三年造像碑，我们不小心的，漏出一个惊异的叫喊，他们乡里弯着背的，老点儿的人，就也露出一个得意的微笑，知道他们村里的宝贝，居然吓着这古怪的来客了。“年代多了吧？”他们骄傲的问。“多了多了。”我们高兴的回答，“差不多一千四百年了。”“呀，一千四百年！”我们便一齐骄傲起来。

我们看看这里金元重修的，那里明季重修的殿宇，讨论那式样做法的特异处，塑像神气，手续，天就渐渐黑下来，嘴里觉到渴，肚里觉到饿，才记起一天的日子圆圆整整的就快结束了。回来躺在床上绮丽鲜明的印象仍然挂在眼睛前边，引导着种种适意的梦，同时晚饭上所吃的菜蔬果子，便给养充实着，我们明天的精力，直到一大颗太阳，红红的照在我们的脸上。

窗子以外[1]

话从哪里说起？等到你要说话，什么话都是那样渺茫地找不到个源头。

此刻，就在我眼帘底下坐着的是四个乡下人的背影：一个头上包着黯黑的白布，两个褪色的蓝布，又一个光头。他们支起膝盖，半蹲半坐的，在溪沿的短墙上休息。每人手里一件简单的东西；一个是白木棒，一个篮子，那两个在树荫底下我看不清楚。无疑地他们已经走了许多路，再过一刻，抽完一筒旱烟以后，是还要走许多路的。兰花烟的香味频频随着微风，袭到我官觉上来，模糊中还有几段山西梆子的声调，虽然他们坐的地方是在我廊子的铁纱窗以外。

铁纱窗以外，话可不就在这里了。永远是窗子以外，不是铁纱窗就是玻璃窗，总而言之，窗子以外！

所有的活动的颜色、声音、生的滋味，全在那里的，你并不是不能看到，只不过是永远地在你窗子以外罢了。多少百里的平原土地，多少区域的起伏的山恋，昨天由窗子外映进你的眼帘，那是多少生命日夜在活动着的所在；每一根青的什么麦黍，都有人流过汗；每一粒黄的什么米粟，都有人吃去；其间还有的是周折，是热闹，是紧张！可是你则并不一定能看见，因为那所有的周折，热闹，紧张，全都在你窗子以外展演着。

1. 原载1934年9月5日《大公报·文艺副刊》第99期。

在家里罢，你坐在书房里，窗子以外的景物本就有限。那里两树马缨；几棵丁香；榆叶梅横出疯杈的一大枝；海棠因为缺乏阳光，每年只开个两三朵——叶子上满是虫蚁吃的创痕，还卷着一点焦黄的边；廊子幽秀地开着扇子式，六边形的格子窗，透过外院的日光，外院的杂音。什么送煤的来了，偶然你看到一个两个被煤炭染成黔黑的脸；什么米送到了，一个人掮着一大口袋在背上，慢慢踱过屏门；还有自来水、电灯、电话公司来收账的；胸口斜挂着皮口袋，手里推着一辆自行车；更有时厨子来个朋友了，满脸的笑容，“好呀，好呀！”地走进门房；什么赵妈的丈夫来拿钱了，那是每月一号一点都不差的，早来了你就听到两个人唧唧哝哝争吵的声浪。那里不是没有颜色，声音，生的一切活动，只是他们和你总隔个窗子——扇子式的，六边形的，纱的，玻璃的！

你气闷了把笔一搁说，这叫做什么生活！你站起来，穿上不能算太贵的鞋袜，但这双鞋和袜的价钱也就比——想它做什么，反正有人每月的工资，一定只有这价钱的一半乃至于更少。你出去雇洋车了，拉车的嘴里所讨的价钱当然是要比例价高得多，难道你就傻子似地答应下来？不，不，三十二子，拉就拉，不拉，拉倒！心里也明白，如果真要充内行，你就该说，二十六子，拉就拉——但是你好意思争？

车开始辗动了，世界仍然在你窗子以外。长长的一条胡同，一个个大门紧紧地关着。就是有开的，那也只是露出一角，隐约可以看到里面有南瓜棚子，底下一个女的，坐在小凳上缝缝做做的；另一个，抓住还不能走路的小孩子，伸出头来喊那过路卖白菜的。至于白菜是多少钱一斤，那你是听不见了，车子早已拉得老远，并且你也无须乎知道的。在你每月费用之中，伙食是一定占去若干的。在那一笔伙食费里，白菜又是多么小的一个数。难道你知道了门口卖的白菜多少钱一斤，你真把你哭丧着脸的厨子叫来申斥一顿，告诉他每一斤白菜他多开了你一个“大子儿”？

车越走越远了，前面正碰着粪车，立刻你拿出手绢来，皱着眉，把鼻子蒙得紧紧的，心里不知怨谁好。怨天做的事太古怪；好好的美丽的稻麦却需要粪来浇！怨乡下人太不怕臭，不怕脏，发明那么两个篮子，放在鼻前手车上，推着慢慢走！你怨市里行政人员不认真办事，如此脏臭不卫生的旧习不能改良，十余年来对这粪车难道真无办法？为着强烈的臭气隔着你窗子还不够远，因此你想到社会卫生事业如何还办不好。

路渐渐好起来，前面墙高高的是个大衙门。这里你简直不止隔个窗子，这一带高高的墙是不通风的。你不懂里面有多少办事员，办的都是什么事；多少浓眉大眼的，对着乡下人做买卖的吆喝诈取；多少个又是脸黄黄的可怜虫，混半碗饭分给一家子吃。自欺欺人，里面天天演的到底是什么把戏？但是如果里面真有两三个人拼了命在那里奋斗，为许多人争一点便利和公道，你也无从知道！

到了热闹的大街了，你仍然像在特别包厢里看戏一样，本身不会，也不必参加那出戏；倚在栏杆上，你在审美的领略，你有的是一片闲暇。但是如果这里洋车夫问你在哪里下来，你会吃一惊，仓卒不知所答。生活所最必需的你并不缺乏什么，你这出来就也是不必需的活动。

偶一抬头，看到街心和对街铺子前面那些人，他们都是急急忙忙地；在时间金钱的限制下采办他们生活所必需的。两个女人手忙脚乱地在监督着店里的伙计称秤。二斤四两，二斤四两的什么东西，且不必去管，反正由那两个女人的认真的神气上面看去，必是非同小可，性命攸关的货物。并且如果称得少一点时，那两个女人为那点吃亏的分量必定感到重大的痛苦；如果称得多时，那伙计又知道这年头那损失在东家方面真不能算小。于是那两边的争执是热烈的，必须的，大家声音都高一点；女人脸上呈块红色，头发披下了一缕，又用手抓上去；伙计则维持着客气，口里嚷着：错不了，错不了！

热烈的，必须的，在车马纷纭的街心里，忽然由你车边冲出来两个人；男的，女的，各各提起两脚快跑。这又是干什么的，你心想，电车正在拐大弯。那两人原就追着电车，由轨道旁边擦过去，一边追着，一边向电车上卖票的说话。电车是不容易赶的，你在洋车上真不禁替那街心里奔走赶车的担心。但是你也知道如果这趟没赶上，他们就可以在街旁站个半点来钟，那些宁可望穿秋水不雇洋车的人，也就是因为他们的生活而必须计较和节省到洋车同电车价钱上那相差的数目。

此刻洋车跑得很快，你心里继续着疑问你出来的目的，到底采办一些什么必需的货物。眼看着男男女女挤在市场里面，门首出来一个进去一个，手里都是持着包包裹裹，里边虽然不会全是他们当日所必需的，但是如果当中夹着一盒稍微奢侈的物品，则亦必是他们生活中间闪着亮光的一个愉快！你不是听见那人说么？里面草帽，一块八毛五，贵倒贵点，可是“真不赖！”他提一提帽盒向着打招呼的朋友，他摸一摸他那剃得光整的脑袋，微笑充满了他全个脸。那时那一点迸射着光闪的愉快，当然的归属于他享受，没有一点疑问，因为天知道，这一年中他多少次地克己省俭，使他赚来这一次美满的，大胆的奢侈！

那点子奢侈在那人身上所发生的喜悦，在你身上却完全失掉作用，没有闪一星星亮光的希望！你想，整年整月你所花费的，和你那窗子以外的周围生活程度一比较，严格算来，可不都是非常靡费的用途？每奢侈一次，你心上只有多难过一次，所以车子经过的那些玻璃窗口，只有使你更惶恐，更空洞，更怀疑，前后彷徨不着边际。并且看了店里那些形形色色的货物，除非你真是傻子，难道不晓得它们多半是由哪一国工厂里制造出来的！奢侈是不能给你愉快的，它只有要加增你的戒惧烦恼。每一尺好看点的纱料，每一件新鲜点的工艺品！

你诅咒着城市生活，不自然的城市生活！检点行装说，走了，走了，这沉闷没有生气的生活，实在受不了，我要换个样子过活去。健康的旅行既可以看看山水古刹的名胜，又可以知道点内地纯朴的人情风俗。走了，走了，天气还不算太坏，就是走他一个月六礼拜也是值得的。

没想到不管你走到哪里，你永远免不了坐大窗子以内的。不错，许多时髦的学者常常骄傲地带上“考察”的神气，架上科学的眼镜，偶然走到哪里一个陌生的地方瞭望，但那无形中的窗子是仍然存在的。不信，你检查他们的行李，有谁不带着罐头食品，帆布床，以及别的证明你还在你窗子以内的种种零星用品，你再摸一摸他们的皮包，那里短不了有些钞票；一到一个地方，你有的是一个提梁的小小世界。不管你的窗子朝向哪里望，所看到的多半则仍是在你窗子以外，隔层玻璃，或是铁纱！隐隐约约你看到一些颜色，听到一些声音，如果你私下满足了，那也没有什么，只是千万别高兴起说什么接触了，认识了若干事物人情，天知道那是罪过！洋电子们的一些浅薄，千万学不得。

你是仍然坐在窗子以内的，不是火车的窗子，汽车的窗子，就

是客栈逆旅的窗子，再不然就是你自己无形中习惯的窗子，把你搁在里面。接触和认识实在谈不到，得天独厚的闲暇生活先不容你。一样是旅行，如果你背上掮的不是照相机而是一点做买卖的小血本，你就需要全副的精神来走路：你得留神投宿的地方；你得计算一路上每吃一次烧饼和几颗沙果的钱；遇着同行的战战兢兢的打招呼，互相捧出诚意，遇着困难时好互相关照帮忙，到了一个地方你是真带着整个血肉的身体到处碰运气，紧张的境遇不容你不奋斗，不与其他奋斗的血和肉的接触，直到经验使得你认识。

前日公共汽车里一列辛苦的脸，那些谈话，里面就有很多生活的分量。陕西过来做生意的老头和那旁坐的一股客气，是不得已的；由交城下车的客人执着红粉包纸烟递到汽车行管事手里也是有多少理由的，穿棉背心的老太婆默默地挟住一个蓝布包袱，一个钱包，是在用尽她的全副本领的，果然到了冀村，她错过站头，还亏别个客人替她要求车夫，将汽车退行两里路，她还不大相信地望着那村站，口里噜哧着这地方和上次如何两样了。开车的一面发牢骚一面爬到车顶替老太婆拿行李，经验使得他有一种涵养，行旅中少不了有认不得路的老太太，这个道理全世界是一样的，伦敦警察之所以特别和蔼，也是从迷路的老太太孩子们身上得来的。

话说了这许多，你仍然在廊子底下坐着，窗外送来溪流的喧响，兰花烟气味早已消失，四个乡下人这时候当已到了上流“庆和义”磨坊前面。昨天那里磨坊的伙计很好笑的满脸挂着面粉，让你看着磨坊的构造；坊下的木轮，屋里旋转着的石碾，又在高低的院落里，来回看你所不经见的农具在日影下列着。院中一棵老槐、一丛鲜艳的杂花、一条曲曲折折引水的沟渠，伙计和气地说闲话。他用着山西口音，告诉你，那里一年可出五千多包的面粉，每包的价钱约略两块多钱。又说这十几年来，这一带因为山水忽然少了，磨坊关闭了多少家，外国人都把那那些磨坊租去做他们避暑的别墅。惭愧的你说，你就是住在一个磨坊里面，他脸上堆起微笑，让面粉一行行在日光下映着，说认得认得，原来你所租的磨坊主人，一个外国牧师，待这村子极和气，乡下人和他还都有好感情。

这真是难得了，并且好感的由来还有实证。就是那一天早上你无意中出去探古寻胜，这一省山明水秀，古刹寺院，动不动就是宋辽的原物，走到山上一个小村的关帝庙里，看到一个铁铎，刻着万历年号，原来是万历赐这村里庆成王的后人的，不知怎样流落到卖古董的手里。七年前让这牧师买去，晚上打着玩，嘹亮的钟声被村人听到，急忙赶来打听，要凑原价买回，情辞恳切。说起这是他们吕姓的祖传宝物，决不能让它流落出境，这牧师于是真个把铁铎还了他们，从此便在关帝庙神前供着。

这样一来你的窗子前面便展开了一张浪漫的图画，打动了你的好奇，管它是隔一层或两层窗子，你也忍不住要打听点底细，怎么明庆成王的后人会姓吕！这下子文章便长了。

如果你的祖宗是皇帝的嫡亲弟弟，你是不会，也不愿忘掉的。据说庆成王是永乐的弟弟，这赵庄村里的人都是他的后代。不过就是因为他们记得太清楚了，另一朝的皇帝都有些老大不放心，雍正间诏命他们改姓，由姓朱改为姓吕，但是他们还有用二十字排行的方法，使得他们不会弄错他们是这一脉子孙。

这样一来你就有点心跳了，昨天你雇来那打水洗衣服的不也是赵庄村来的，并且还姓吕！果然那土头上脑圆脸大眼的少年是个皇裔贵族，真是有失尊敬了。那么这村子一定穷不了，但事实上则不见得。

田亩一片，年年收成也不坏。家家户户门口有特种围墙。像个小小堡垒——当时防匪用的。屋子里面有大漆衣柜衣箱，柜门上白铜擦得亮亮；炕上棉被红红绿绿也颇鲜艳。可是据说关帝庙里已有四年没有唱戏了，虽然戏台还高巍巍地对着正殿。村子这几年穷了，有一位王孙告诉你，唱戏太花钱，尤其是上边使钱。这里到底是隔个窗子，你不懂了，一样年年好收成，为什么这几年村子穷了，只模模糊糊听到什么军队驻了三年多等，更不懂的是，村子向上一年辛苦后的娱乐，关帝庙里唱唱戏，得上面使钱？既然隔个窗子听不明白，你就通气点别尽管问了。

隔着一个窗子你还想明白多少事？昨天雇来吕姓倒水，今天又学洋鬼子东逛西逛，跑到下面养有鸡羊，上面挂有武魁匾额的人家，让他们用你不懂得的乡音招呼你吃菜，炕上坐，坐了半天出到门口，和那送客的女人周旋客气了一回，才恍然大悟，她就是替你倒脏水洗衣裳的吕姓王孙的妈，前晚上还送饼到你家来过！

这里你迷糊了。算了算了！你简直老老实实地坐在你窗子里得了，窗子以外的事，你看了多少也是枉然，大半你是不明白，也不会明白的。

纪念志摩去世四周年[1]

今天是你走脱这世界的四周年！朋友，我们这次拿什么来纪念你？前两次的用香花感伤地围上你的照片，抑住嗓子底下叹息和悲哽，朋友和朋友无聊地对望着，完成一种纪念的形式，俨然是愚蠢的失败。因为那时那种近于伤感，而又不够宗教庄严的举动，除却点明了你和我们中间的距离，生和死的间隔外，实在没有别的成效；几乎完全不能达到任何真实纪念的意义。

去年今日我意外地由浙南路过你的家乡，在昏沉的夜色里我独立火车门外，凝望着那幽暗的站台，默默地回忆许多不相连续的过往残片，直到生和死间居然幻成一片模糊，人生和火车似的蜿蜒一串疑问在苍茫间奔驰。我想起你的：

> 火车禽住轨，在黑夜里奔
> 过山，过水，过……

如果那时候我的眼泪曾不自主地溢出睫外，我知道你定会原谅我的。你应当相信我不会向悲哀投降，什么时候我都相信倔强的忠于生的，即使人生如你底下所说：

---

1. 原载 1935 年 12 月 8 日《大公报·文艺》第 56 期星期特刊。

就凭那精窄的两道，算是轨，
驮着这份重，梦一般的累坠！

就在那时候我记得火车慢慢地由站台拖出，一程一程地前进，我也随着酸怆的诗意，那“车的呻吟”，“过荒野，过池塘，……过噤口的村庄。”到了第二站——我的一半家乡。

今年又轮到今天这一个日子！世界仍旧一团糟，多少地方是黑云布满着粗筋络往理想的反面猛进，我并不在瞎说，当我写：

信仰只一细炷香，
那点子亮再经不起西风
沙沙的隔着梧桐树吹

朋友，你自己说，如果是你现在坐在我这位子上，迎着这一窗太阳：眼看着菊花影在墙上描画作态；手臂下倚着两叠今早的报纸；耳朵用不时隐隐地听着朝阳门外“打靶”的枪弹声；意识的，潜意识的，要明白这生和死的谜，你又该写成怎样一首诗来，纪念一个死别的朋友？

此时，我却是完全的一个糊涂！习惯上我说，每桩事都像是造物的意旨，归根都是运命，但我明知道每桩事都有我们自己的影子在里面烙印着！我也知道每一个日子是多少机缘巧合凑拢来拼成的图案，但我也疑问其间的摆布谁是主宰。据我看来：死是悲剧的一章，生则更是一场悲剧的主干！我们这一群剧中的角色自身性格与性格矛盾；理智与情感两不相容；理想与现实当面冲突，侧面或反而激成悲哀。日子一天一天向前转，昨日和昨日堆垒起来混成一片不可避脱的背景，做成我们周遭的墙壁或气氲，那么结实又那么缥缈，使我们每一人站在每一天的每一个时候里都是那么主要，又是那么渺小无能为力！

此刻我几乎找不出一句话来说，因为，真的，我只是个完全的糊涂；感到生和死一样的不可解，不可懂。

但是我却要告诉你，虽然四年了你脱离去我们这共同活动的世界，本身停掉参加牵引事体变迁的主力，可是谁也不能否认，你仍立在我们烟涛渺茫的背景里，间接地是一种力量，尤其是在文艺创造的努力和信仰方面。间接地你任凭自然的音韵，颜色，不时的风轻月白，人的无定律的一切情感，悠断悠续地仍然在我们中间继续着生，仍然与我们共同交织着这生的纠纷，继续着生的理想。你并不离我们太远。你的身影永远挂在这里那里，同你生前一样的飘忽，爱在人家不经意时莅止，带来勇气的笑声也总是那么嘹亮，还有，还有经过你热情或焦心苦吟的那些诗，一首一首仍串着许多人的心旋转。

说到你的诗，朋友，我正要正经的同你再说一些话。你不要不耐烦。这话迟早我们总要说清的。人说盖棺论定，前者早已成了事实，这后者在这四年中，说来叫人难受，我还未曾读到一篇中肯或诚实的论评，虽然对你的赞美和攻讦由你去世后一两周间，就纷纷开始了。但是他们每人手里拿的都不像纯文艺的天平；有的喜欢你的为人，有的疑问你私人的道德；有的单单尊崇你诗中所表现的思想哲学，有的仅喜爱那些软弱的细致的句子，有的每发议论必须牵涉到你的个人生活之合乎规矩方圆，或断言你是轻薄，或引证你是浮奢豪侈！朋友，我知道你从不介意过这些，许多人的浅陋老实或刻薄处你早就领略过一堆，你不止未曾生过气，并且常常表现怜悯同原谅；你的心情永远是那么洁净；头老抬得那么高；胸中老是那么完整的诚挚；臂上老有那么许多不折不挠的勇气。但是现在的情形与以前却稍稍不同，你自己既已不在这里，做你朋友的，眼看着你被误解，曲解，乃至于谩骂，有时真忍不住替你不平。

但你可别误会我心眼儿窄，把不相干的看成重要，我也知道误解曲解谩骂，都是不相干的，但是朋友，我们谁都需要有人了解我们的时候，真了解了我们，即使是痛下针砭，骂着了我们的弱处错处，那整个的我们却因而更增添了意义，一个作家文艺的总成绩更需要一种就文论文，就艺术论艺术的和平判断。

你在《猛虎集》“序”中说“世界上再没有比写诗更惨的事”，你却并未说明为什么写诗是一桩惨事，现在让我来个注脚好不好？我看一个人一生为着一个愚诚的倾向，把所感受到的复杂的情绪尝味到的生活，放到自己的理想和信仰的锅炉里烧炼成几句悠扬铿锵的语言（哪怕是几声小唱），来满足他自己本能的艺术的冲动，这本来是个极寻常的事。哪一个地方哪一个时代，都不断有这种人。轮着做这种人的多半是为着他情感来的比寻常人浓富敏锐，而为着这情感而发生的冲动更是非实际的——或不全是实际的——追求，而需要那种艺术的满足而已。说起来写诗的人的动机多么简单可怜，正是如你“序”里所说“我们都是受支配的善良的生灵”！虽然有些诗人因为他们的成绩特别高厚广阔包括了多数人，或整个时代的艺术和思想的冲动，从此便在人间披上神秘的光圈，使“诗人”两字无形中挂着崇高的色彩。这样使一般努力于用韵文表现或描画人在自然万物相交错时的情绪思想的，便被人的成见看做夸大狂的旗帜，需要同时代人的极冷酷地讥讪和不信任来扑灭它，以挽救人类的尊严和健康。

我承认写诗是惨淡经营，孤立在人中挣扎的勾当，但是因为我知道太清楚了，你在这上面单纯的信仰和诚恳的尝试，为同业者奋斗，卫护他们的情感的愚诚，称扬他们艺术的创造，自己从未曾求过虚荣，我觉得你始终是很逍遥舒畅的。如你自己所说：“满头血水”，你“仍不曾低头”，你自己相信“一点性灵还在那里挣扎”，“还想在实际生活的重重压迫下透出一些声响来”。

简单地说，朋友，你这写诗的动机是坦白而不由自主的，你写诗的态度是诚实，勇敢而倔强的。这在讨论你诗的时候，谁都先得明了的。

至于你诗的技巧问题，艺术上的造诣，在这新诗仍在彷徨歧路的尝试期间，谁也不能坚决地论断，不过有一桩事我很想提醒现在讨论新诗的人，新诗之由于无条件无形制宽泛到几乎没有一定的定义时代，转入这讨论外形内容，以至于音节韵脚章句意象组织等艺术技巧问题的时期，即是根据着对这方面努力尝试过的那一些诗，你的头两个诗集子就是供给这些讨论见解最多材料的根据。外国的土话说“马总得放在马车的前面”不是？没有一些尝试的成绩放在那里，理论家是不能老在那里发一堆空头支票的，不是？

你自己一向不止在那里倔强地尝试用功，你还会用尽你所有活泼的热心鼓励别人尝试，鼓励“时代”起来尝试——这种工作是最犯风头嫌疑的，也只有你胆子大头皮硬顶得下来！我还记得你要印诗集子时，我替你捏一把汗，老实说还替你在有文采的老前辈中间难为情过，我也记得我初听到人家找你办《晨报副刊》时我的焦急，但你居然板起个脸抓起两把鼓槌子为文艺吹打开路乃至于扫地，铺鲜花，不顾旧势力的非难，新势力的怀疑，你干你的事，“事在人为，做了再说”那股子劲，以后别处也还很少见。

现在你走了，这些事渐渐在人的记忆中模糊下来，你的诗和文章也散漫在各小本集子里，压在有极新鲜的封皮的新书后面，谁说起你来，不是马马糊糊地承认你是过去中一个势力，就是拿能够挑剔看轻你的诗为本事（散文人家很少提到，或许“散文家”没有诗人那么光荣，不值得注意），朋友，这是没法子的事，我却一点不为此灰心，因为我有我的信仰。

我认为我们这写诗的动机既如前面所说那么简单愚诚；因在某一时，或某一刻敏锐地接触到生活上的锋芒，或偶然地触遇到理想峰巅上云彩星霞，不由得不在我们所习惯的语言中，编缀出一两串近于音乐的句子来，慰藉自己，解放自己，去追求超实际的真实，读诗者的反应一定有一大半也和我们这写诗的一样诚实无真，仅想在我们句子中间由音乐性的愉悦，接触到一些生活的底蕴渗合着美丽的憧憬；把我们的情绪给他们的情绪搭起一座浮桥；把我们的灵感，给他们生活添些新鲜；把我们的痛苦伤心再揉成他们自己忧郁的安慰！

我们的作品会不会再长存下去，就看它们会不会活在那一些我们从来不认识的人，我们作品的读者，散在各时、各处互相不认识的孤单的人的心里的，这种事它自己有自己的定律，并不需要我们的关心的。你的诗据我所知道的，它们仍旧在这里浮沉流落，你的影子也就浓淡参差地系在那些诗句中，另一端印在许多不相识人的心里。朋友，你不要过于看轻这种间接的生存，许多热情的人他们会为着你的存在，而加增了生的意识的。伤心的仅是那些你最亲热的朋友们和同兴趣的努力者，你不在他们中间的事实，将要永远是个不能填补的空虚。

你走后大家就提议要为你设立一个“志摩奖金”来继续你鼓励人家努力诗文的素志，勉强象征你那种对于文艺创造拥护的热心，使不及认得你的青年人永远对你保存着亲热。如果这事你不觉到太寒伧不够热气，我希望你原谅你这些朋友们的苦心，在冥冥之中笑着给我们勇气来做这一些蠢诚的事吧。

二十四年十一月十九日，北平

蛛丝和梅花[1]

真真地就是那么两根蛛丝，由门框边轻轻地牵到一枝梅花上。就是那么两根细丝，迎着太阳光发亮……再多了，那还像样么？一个摩登家庭如何能容蛛网在光天白日里作怪，管它有多美丽，多玄妙，多细致，够你对着它联想到一切自然，造物的神工和不可思议处；这两根丝本来就该使人脸红，且在冬天够多特别！可是亮亮的，细细的，倒有点像银，也有点像玻璃制的细丝，委实不算讨厌，尤其是它们那么潇脱风雅，偏偏那样有意无意地斜着搭在梅花的枝梢上。

你向着那丝看，冬天的太阳照满了屋内，窗明几净，每朵含苞的，开透的，半开的梅花在那里挺秀吐香，情绪不禁迷茫缥缈地充溢心胸，在那刹那的时间中振荡。同蛛丝一样的细弱，和不必需，思想开始抛引出去：由过去牵到将来，意识的，非意识的，由门框梅花牵出宇宙，浮云沧波踪迹不定。是人性，艺术，还是哲学，你也无暇计较，你不能制止你情绪的充溢，思想的驰骋，蛛丝梅花竟然是瞬息可以千里！

好比你是蜘蛛，你的周围也有你自织的蛛网，细致地牵引着天地，不怕多少次风雨来吹断它，你不会停止了这生命上基本的活动。此刻“……一枝斜好，幽香不知甚处……”

拿梅花来说吧，一串串丹红的结蕊缀在秀劲的傲骨上，最可爱，最可赏，等半绽将开地错落在老枝上时，你便会心跳！梅花最怕开；

1. 原载 1936 年 2 月 2 日《大公报 · 文艺》第 86 期星期特刊。

开了便没话说。索性残了，沁香拂散同夜里炉火都能成了一种温存的凄清。

记起了，也就是说到梅花，玉兰。初是有个朋友说起初恋时玉兰刚开完，天气每天的暖，住在湖旁，每夜跑到湖边林子里走路，又静坐幽僻石上看隔岸灯火，感到好像仅有如此虔诚地孤对一片泓碧寒星远市，才能把心里情绪抓紧了，放在最可靠最纯净的一撮思想里，始不至亵渎了或是惊着那“寤寐思服”的人儿。那是极年轻的男子初恋的情景——对象渺茫高远，后而近求“自我的”郁结深浅——他问起少女的情绪。

就在这里，忽记起梅花。一枝两枝，老枝细枝，横着，虬着，描着影子，喷着细香；太阳淡淡金色地铺在地板上；四壁琳琅，书架上的书和书签都像在发出言语；墙上小对联记不得是谁的集句；中条是东坡的诗。你敛住气，简直不敢喘息，踮起脚，细小的身形嵌在书房中间，看残照当窗，花影摇曳，你像失落了什么，有点迷惘。又像“怪东风着意相寻”，有点儿没主意！浪漫，极端的浪漫。“飞花满地谁为扫？”你问，情绪风似的吹动，卷过，停留在惜花上面。再回头看看，花依旧嫣然不语。“如此娉婷，谁人解看花意，”你更沉默，几乎热情地感到花的寂寞，开始怜花，把同情统统诗意地交给了花心！

这不是初恋，是未恋，正自觉“解看花意”的时代。情绪的不同，不止是男子和女子有分别，东方和西方也甚有差异。情绪即使根本相同，情绪的象征，情绪所寄托，所栖止的事物却常常不同。水和星子同西方情绪的联系，早就成了习惯。一颗星子在蓝天里闪，一流冷涧倾泻一片幽愁的平静，便激起他们诗情的波涌，心里甜蜜地，热情地便唱着由那些鹅羽的笔锋散下来的“她的眼如同星子在暮天里闪”，或是“明丽如同单独的那颗星，照着晚来的天”，或“多少次了，在一流碧水旁边，忧愁倚下她低垂的脸”。

惜花，解花太东方，亲昵自然，含着人性的细致是东方传统的情绪。

此外年龄还有尺寸，一样是愁，却跃跃似喜，十六岁时的，微风零乱，不颓废，不空虚，巅着理想的脚充满希望，东方和西方却一样。人老了脉脉烟雨，愁吟或牢骚多折损诗的活泼。大家如香山，稼轩，东坡，放翁的白发华发，很少不梗在诗里，至少是令人不快。话说远了，刚说是惜花，东方老少都免不了这嗜好，这倒不论老的雪鬓曳杖，深闺里也就攒眉千度。

最叫人惜的花是海棠一类的“春红”，那样娇嫩明艳，开过了残红满地，太招惹同情和伤感。但在西方即使也有我们同样的花，也还缺乏我们的廊庑庭院。有了“庭院深深深几许”才有一种庭院里特有的情绪。如果李易安的“斜风细雨”底下不是“重门须闭”也就不“萧条”得那样深沉可爱；李后主的“终日谁来”也一样的别有寂寞滋味。看花更须庭院，深深锁在里面认识，不时还得有轩窗栏杆，给你一点凭藉，虽然也用不着十二栏杆倚遍，那么慵弱无聊。

当然旧诗里伤愁太多；一首诗竟像一张美的证券，可以照着市价去兑现！所以庭花，乱红，黄昏，寂寞太滥，诗常失却诚实。西洋诗，恋爱总站在前头，或是“忘掉”，或是“记起”，月是为爱，花也是为爱，只是全是真情，也未尝不太腻味。就以两边好的来讲。拿他们的月光同我们的月色比，似乎是月色滋味深长得多。花更不用说了；我们的花“不是预备采下缀成花球，或花冠献给恋人的”，却是一树一树绰约的，个性的，自己立在情人的地位上接受恋歌的。

所以未恋时的对象最自然的是花，不是因为花而起的感慨——十六岁时无所谓感慨——仅是刚说过的自觉解花的情绪，寄托在那清丽无语的上边，你心折它绝韵孤高，你为花动了感情，实说你同花恋爱，也未尝不可——那惊讶狂喜也不减于初恋。还有那凝望，那沉思……

一根蛛丝！记忆也同一根蛛丝，搭在梅花上就由梅花枝上牵引出去，虽未织成密网，这诗意的前后，也就是相隔十几年的情绪的联络。

午后的阳光仍然斜照，庭院阒然，离离疏影，房里窗棂和梅花依然伴和成为图案，两根蛛丝在冬天还可以算为奇迹，你望着它看，真有点像银，也有点像玻璃，偏偏那么斜挂在梅花的枝梢上。

二十五年新年漫记

文艺丛刊小说选题记[1]

《大公报·文艺副刊》出了一年多，现在要将这第一年中属于创造的短篇小说提出来，选出若干篇，印成单行本供给读者更方便的阅览。这个工作的确该使认真的作者和读者两方面全都高兴。

这里篇数并不多，人数也不多，但是聚在一个小小的选集里也还结实饱满，拿到手里可以使人充满喜悦的希望。

我们不怕读者读过了以后，这燃起的希望或者又会黯下变成失望。因为这失望竟许是不可免的，如果读者对创造界诚恳地抱着很大的理想，心里早就叠着不平常的企望。但只要是读者诚实的反应，我们都不害怕。因为这里是一堆作者老实的成绩，合起来代表一年中创造界一部分的试验，无论拿什么标准来衡量它，断定它的成功或失败，谁也没有一句话说的。

现在姑且以编选人对这多篇作品所得的感想来说，供读者例览评阅这本选集时一种参考，简单的就是底下的一点意见。

如果我们取鸟瞰的形式来观察这个小小的局面，至少有一个最显著的现象展在我们眼下。在这些作品中，在题材的选择上似乎有个很偏的倾向：那就是趋向农村或少受教育分子或劳力者的生活描写。这倾向并不偶然，说好一点，是我们这个时代对于他们——农人与劳力者——有浓重的同情和关心；说坏一点，是一种盲从趋时的现象。

1. 原载1936年3月1日《大公报·文艺》第102期星期特刊。

但最公平的说，还是上面的两个原因都有一点关系。描写劳工社会，乡村色彩已成一种风气，且在文艺界也已有一点成绩。初起的作家，或个性不强烈的作家，就容易不自觉的，因袭种种已有眉目的格调下笔。尤其是在我们这时代，青年作家都很难过自己在物质上享用，优越于一般少受教育的民众，便很自然地要认识乡村的穷苦，对偏僻的内地发生兴趣，反倒撇开自己所熟识的生活不写。拿单篇来讲，许多都写得好，还有些写得特别精彩的。但以创造界全盘试验来看，这种偏向表示贫弱，缺乏创造力量。并且为良心的动机而写作，那作品的艺术成分便会发生疑问。我们希望选集在这一点上可以显露出这种创造力的缺乏，或艺术性的不纯真，刺激作家们自己更有个性，更热诚地来刻画这多面错综复杂的人生，不拘泥于任何一个角度。

除却上面对题材的偏向以外，创造文艺的认真却是毫无疑问的。前一时代在流畅文字的烟幕下，刻薄地以讽刺个人博取流行幽默的小说，现已无形地摈出努力创造者的门外，衰灭下去几至绝迹。这个情形实在是值得我们作者和读者额手相庆的好现象。

在描写上，我们感到大多数所取的方式是写一段故事，或以一两人物为中心，或以某地方一桩事发生的始末为主干，单纯地发展与结束。这也是比较薄弱的手法。这个我们疑惑或是许多作者误会了短篇的限制，把它的可能性看得过窄的缘故。生活大胆的断面，这里少有人尝试，剖示贴己生活的矛盾也无多少人认真地来做。这也是我们中间一种遗憾。

至于关于这里短篇技巧的水准，平均的程度，编选人却要不避嫌疑地提出请读者注意。无疑的，在结构上，在描写上，在叙事与对话的分配上，多数作者已有很成熟自然的运用。生涩幼稚和冗长散漫

的作品，在新文艺早期中毫无愧色地散见于各种印刷物中，现在已完全敛迹。通篇的连贯，文字的经济，着重点的安排，颜色图画的鲜明，已成为极寻常的标准。在各篇中我们相信读者一定还不会不觉察到那些好处的，为着那些地方就给了编选人以不少愉快和希望。

最后如果不算离题太远，我们还要具体地讲一点我们对于作者写作品的见解。作品最主要处是诚实。诚实的重要还在题材的新鲜，结构的完整，文字的流丽之上。即是作品需诚实于作者客观所明了，主观所体验的生活。小说的情景即使整个是虚构的，内容的情感却全得藉力于逼真的，体验过的情感，毫不能用空洞虚假来支持着伤感的“情节”！所谓诚实并不是作者必须实际的经过在作品中所提到的生活，而是凡在作品中所提到的生活，的确都是作者在理智上所极明了，在感情上极能体验得出的情景或人性。许多人因是自疚生活方式不新鲜，而故意地选择了一些特殊浪漫，而自己并不熟识的生活来做题材，然后敲诈自己有限的幻想力去铺张出自己所没有的情感，来骗取读者的同情。这种创造既浪费文字来夸张虚伪的情景和伤感，那些认真的读者要从文艺里充实生活认识人生的，自然要感到十分的不耐烦和失望的。

生活的丰富不在生存方式的种类多与少，如做过学徒，又拉过洋车，去过甘肃又走过云南，却在客观的观察力与主观的感觉力同时的锐利敏捷，能多面地明了及尝味所见、所听、所遇，种种不同的情景；还得理会到人在生活上互相的关系与牵连；固定的与偶然的中间所起戏剧式的变化；最后更得有自己特殊的看法及思想，信仰或哲学。

一个生活丰富者不在客观的见过若干事物，而在能主观的能激发很复杂，很不同的情感，和能够同情于人性的许多方面的人。所以一个作者，在运用文字的技术学问外，必须是能立在任何生活上面，能在主观与客观之间，感觉和了解之间，理智上进退有余，情感上横溢奔放，记忆与幻想交错相辅，到了真即是假，假即是真的程度，他的笔下才现着活力真诚。他的作品才会充实伟大，不受题材或文字的影响，而能持久普遍的动人。

这些道理，读者比作者当然还要明白点，所以作品的估价永远操在认真的读者手里，这也是这个选集不得不印书，献与它的公正的评判者的一个原因。

究竟怎么一回事[1]

写诗究竟是怎么一回事?

写诗，或可说是要抓紧一种一时闪动的力量，一面跟着潜意识浮沉，摸索自己内心所萦回，所着重的情感——喜悦，哀思，忧怨，恋情，或深，或浅，或缠绵，或热烈，又一方面顺着直觉，认识，辨味，在眼前或记忆里官感所触遇的意象——颜色，形体，声音，动静，或细致，或亲切，或雄伟，或诡异；再一方面又追着理智探讨，剖析，理会这些不同的性质，不同分量，流转不定的情感意象所互相融会，交错策动而发生的感念；然后以语言文字（运用其声音意义）经营，描画，表达这内心意象，情绪，理解在同时间或不同时间里，适应或矛盾的所共起的波澜。

写诗，或又可说是自己情感的，主观的，所体验了解到的；和理智的客观的所体察辨别到的，同时达到一个程度，腾沸横溢，不分宾主地互相起了一种作用，由于本能的冲动，凭着一种天赋的兴趣和灵巧，驾驭一串有声音，有图画，有情感的言语，来表现这内心与外物息息相关的联系，及其所发生的悟理或境界。

写诗，或又可以说是若不知其所以然的，灵巧的，诚挚的，在传译给理想的同情者，自己内心所流动的情感穿过繁复的意象时，被理智所窥探而由直觉与意识分着记取的符录！一方面似是渗淡经

1. 原载 1936 年 8 月 30 日《大公报·文艺》第 206 期诗歌特刊。

营——至少是专诚致意，一方面似是藉力于平时不经意的准备，“下笔有神”的妙手偶然拈来；忠于情感，又忠于意象，更忠于那一串刹那间内心整体闪动的感悟。

写诗，或又可说是经过若干潜意识的酝酿，突如其来的，在生活中意识到那么凑巧的一顷刻小小时间；凑巧的，灵异的，不能自已的，流动着一片浓挚或深沉的情感，敛聚着重重繁复演变的情绪，更或凝定入一种单纯超卓的意境，而又本能地迫着你要刻画一种适合的表情。这表情积极的，像要流泪叹息或歌唱欢呼，舞蹈演述；消极的，又像要幽独静处，沉思自语。换句话说，这两者合一，便是一面要天真奔放，热情地自白去邀同情和了解，同时又要寂寞沉默，孤僻地自守来保持悠然自得的完美和严肃！

在这一个凑巧的一顷刻小小时间中（着重于那凑巧的），你的所有自觉、理智、官感、情感、记性和幻想，独立的及交互的都迸出它们不平常的锐敏、紧张、雄厚、壮阔及深沉。在它们潜意识的流动——独立的或交互的融会之间——如出偶然而又不可避免地涌上一闪感悟，和情趣——或即所谓灵感或是亲切的对自我得失悲欢；或辽阔的对宇宙自然；或智慧的对历史人性。这一闪感悟或是混沌朦胧，或是透彻明晰。像光同时能照耀洞察，又能揣摩包含你的所有已经尝味，还在尝味，及幻想尝味的“生”的种种形色质量，且又活跃着其间错综重叠于人于我的意义。

这感悟情趣的闪动——来得轻时，好比潺潺清水婉转流畅，自然的洗涤，浸润一切事物情感，倒影映月，梦残歌罢，美感的旋起一种超实际的权衡轻重，可抒成慷慨缠绵千行的长歌，可留下如幽咽微叹般的三两句诗词。愉悦的心声，轻灵的心画，常如啼鸟落花，轻风满月，夹杂着情绪的缤纷；泪痕巧笑，奔放轻盈，若有意若无意地遗留在各种言语文字上。

但这感悟情趣的闪动，若激越澎湃来得强时，可以如一片惊涛飞沙，由大处见到纤微，由细弱的物体看它变动，宇宙人生，幻若苦谜。一切又如经过烈火燃烧锤炼，分散，减化成为净纯的茫焰气质，升处所有情感意象于空幻，神秘，变移无定，或不减不变绝对，永恒的玄哲境域里去，卓越隐奥，与人性情理遥远的好像隔成距离。身受者或激昂通达，或禅寂淡远，将不免挣扎于超情感，超意象，乃至于超言语，以心传心的创造。隐晦迷离，如禅偈玄诗，便不可制止地托生在与那幻理境界几不适宜的文字上，估定其生存权。

写诗……

总而言之，天知道究竟写诗是怎么一回事。在写诗的时候，或者是“我知道，天知道”；到写了之后，最好学 Browning[1]。不避嫌疑的自讥的，只承认“天知道”，天下关于写诗的笔墨官司便都省了。

我们仅听到写诗人自己说一阵奇异的风吹过，或是一片澄清的月色，一个惊讶，一次心灵的振荡，便开始他写诗的尝试，迷于意境文字音乐的搏斗，但是究竟这灵异的风和月，心灵的振荡和惊讶是什么？是不是仍为那可以追踪到内心直觉的活动；到潜意识后而那综错交流的情感与意象；那意识上理智的感念思想；以及要求表现的本能冲动？灵异的风和月所指的当是外界的一种偶然现象，同时却也是指它们是内心活动的一种引火线。诗人说话没有不打比喻的。

我们根本早得承认诗是不能脱离象征比喻而存在的。在诗里情

1. 勃朗宁。

感必依附在意象上，求较具体的表现；意象则必须明晰地或沉着地，恰适地烘托情感，表征含义。如果这还需要解释，常识的，我们可以问：在一个意识的或自觉的，官感，情感，理智，同时并重的一个时候，要一两句简约的话来代表一堆重叠交错的外象和内心情绪思想所发生的微妙的联系，而同时又不失却原来情感的质素分量，是不是容易或可能的事？一个比喻或一种象征在字面或事物上可以极简单，而同时可以带着字面事物以外的声音颜色形状，引起它们与其他事关系的联想。这个办法可以多方面地来辅助每句话确实的含义，而又加增官感情感理智每方面的刺激和满足，道理甚为明显。

无论什么诗都从不会脱离过比喻象征，或比喻象征式的言语。诗中意象多不是寻常纯客观的意象。诗中的云霞星宿，山川草木，常有人性的感情，同时内心人性的感触反又变成外界的体象，虽简明浅显隐奥繁复各有不同的。但是诗虽不能缺乏比喻象征，象征比喻却并不是诗。

诗的泉源，上面已说过，是意识与潜意识地融会交流错综的情感意象和概念所促成；无疑地，诗的表现必是一种形象情感思想合一的语言。但是这种语言，不能仅是语言，它又须是一种类似动作的表情，这种表情又不能只是表情，而须是一种理解概念的传达。它同时须不断传译情感，描写现象诠释感悟。它不是形体而须创造形体颜色；它是声音，却最多仅要留着长短节奏。最要紧的是按着疾徐高下，和有限的铿锵音调，依附着一串单独或相联的字义上边；它须给直觉意识，情感理智，以整体的快惬。

因为相信诗是这样繁难的一系列多方面条件的满足，我们不能不怀疑到纯净意识的，理智的，或可以说是“技术的”创造或所谓“工”之绝无能为。诗之所以发生，就不叫它做灵感的来临，主要的亦在那一闪力量突如其来，或灵异的一刹那的“凑巧”，将所有繁复的“诗的因素”都齐集会萃于一俄顷偶然的时间里。所以诗的创造或完成，主要亦当在那灵异的，凑巧的，偶然的活动一部分属意识，一部分属直觉，更多一部分属潜意识的，所谓“不以文而妙”的“妙”。理智情感，明晰隐晦都不失之过偏。意象瑰丽迷离，转又朴实平淡，像是纷纷纭纭不知所从来，但飘忽中若有必然的缘素可寻，理解玄奥繁难，也像是纷纷纭纭莫名所以。但错杂里又是斑驳分明，情感穿插联系其中，若有若无，给草木气候，给热情颜色。一首好诗在一个会心的读者前边有时真会是一个奇迹！但是伤感流丽，铺张的意象，涂饰的情感，用人工连缀起来，疏忽地看去，也未尝不像是诗。故作玄奥渊博，颠倒意象，堆砌起重重理喻的诗，也可以赫然惊人一下。

写诗究竟是怎么一回事，真是惟有天知道得最清楚！读者与作者，读者与读者，作者与作者关于诗的意见，历史告诉我传统的是要永远地差别分歧，争争吵吵到无尽时。因为老实地说，谁也仍然不知道与诗是怎么一回事的，除却这篇文字所表示的，勉强以抽象的许多名词，具体的一些比喻来捉摸描写那一种特殊的直觉活动，献出一个极不能令人满意的答案。

彼　此[1]

朋友又见面了，点点头笑笑，彼此晓得这一年不比往年，彼此是同增了许多经验。个别地说，这时间中每一人的经历虽都有特殊的形相，含着特殊的滋味，需要个别的情绪来分析来描述。

综合地说，这许多经验却是一整片仿佛同式同色，同大小，同分量的迷惘。你触着那一角，我碰上这一头，归根还是那一片迷惘笼罩着彼此。七月！——这两字就如同史歌的开头那么有劲——八月，九月带来了那狂风，后来，后来过了年那无法忘记的除夕！——又是那一月，二月，二月，到了七月，再接再厉的又到了年夜。现在又是一月二月在开始……谁记得最清楚，这串日子是怎样地延续下来，生活如何地变？想来彼此都不会记得过分清晰，一切都似乎在迷离中旋转，但谁又会忘掉那么切肤的重重忧患的网膜？

经过炮火或流浪的洗礼，变换又变换的日月，难道彼此脸上没有一点记载这经验的痕迹？但是当整一片国土纵横着创痕，大家都是"离散而相失……去故乡而就远"，自然"心蝉媛而伤怀兮，眇不知其所蹠，脸上所刻那几道并不使彼此惊讶，所以还只是笑笑好。口角边常添几道酸甜的纹路，可以帮助彼此咀嚼生活。何不默认这一点：在迷惘中人最应该有笑，这种的笑，虽然是敛住神经，敛住肌肉，仅是毅力的后背，它却是必需的，如同保护色对于许多生物，是必需的

1. 原载1939年2月5日《今日评论》一卷6期。

一样。

那一晚在 ×× 江心，某一来船的甲板上，热臭的人丛中，他记起他那时的困顿饥渴和狼狈，旋绕他头上的却是那真实倒如同幻象，幻象又成了真实的狂敌杀人的工具，敏捷而近代型的飞机：美丽得像鱼像鸟……这里黯然的一掬笑是必需的，因为同样的另外一个人懂得那原始的骤然唤起纯筋肉反射作用的恐怖。他也正在想那时他在 ×× 车站台上露宿，天上有月，左右有人，零落如同被风雨摧落后的落叶，瑟索地蜷伏着，他们心里都在回味那一天他们所初次尝到的敌机的轰炸！谈话就可以这样无限制的延长，因为现在都这样的记忆——比这样更辛辣苦楚的——在各人心里真是太多了！随便提起一个地名大家所熟悉的都会或商埠，随着全会涌起怎样的一个最后印象！

再说初入一个陌生城市的一天——这经验现在又多普遍——尤其是在夜间，这里就把个别的情形和感触除外，在大家心底曾留下的还不是一剂彼此都熟识的清凉散？苦里带涩，那滋味侵入脾胃时，小小的冷噤会轻轻在背脊上爬过，用不着丝毫锐性的感伤！也许他可以说他在那夜进入某某城内时，看到一列小店门前凄惶的灯，黄黄的发出奇异的晕光，使他嗓子里如哽着刺，感到一种发紧的触觉。你所记得的却是某一号生站后面黯白的煤气灯射到陌生的街心里，使你心里好像失落了什么。

那陌生的城市，在地图上指出时，你所经过的同他所经过的也可以有极大的距离，你同他当时的情形也可以完全的不相同。但是在这里，个别的异同似乎非常之不相干；相干的仅是你我会彼此点头，彼此会意，于是也会彼此地笑笑。

七月在卢沟桥与敌人开火以后，纵横中国土地上的脚印密密地衔接起来，更加增了中国地域广漠的证据。每个人参加过这广漠地面上流转的大韵律的，对于尘土和血，两件在寻常不多为人所理会的，极寻常的天然素质，现在每人在他个别的角上，对它们都发生了莫大亲切的认识。每一寸土，每一滴血，这种话，已是可接触，可把持的十分真实的事物，不仅是一句话一个“概念”而已。

在前线的前线，兴奋和疲劳已掺拌着尘土和血另成一种生活的形体魂魄。睡与醒中间，饥与食中间，生和死中间，距离短得几乎不存在！生活只是一股力，死亡一片沉默的恨，事情简单得无可再简单。尚在生存着的，继续着是力，死去的也继续着堆积成更大的恨。恨又生力，力又变恨，惘惘地却勇敢地循环着，其他一切则全是悬在这两者中间悲壮热烈的穿插。

在后方，事情却没有如此简单，生活仍然缓弛地伸缩着；食宿生死间距离恰像黄昏长影，长长的，尽向前引伸，像要扑入夜色，同夜融成一片模糊。在日夜宽泛的循回里于是穿插反更多了，真是天地无穷，人生长勤。生之穿插零乱而琐屑，完全无特殊的色泽或轮廓，更不必说英雄气息壮烈成分。斑斑点点仅像小血锈凝在生活上，在你最不经意中烙印生活。如果你有志不让生活在小处窳败，逐渐减损，由锐而钝，由张而弛，你就得更感谢那许多极平常而琐碎的磨擦，无日无夜地透过你的神经，肌肉或意识。这种时候，叹息是悬起了，因一切虽然细小，却绝非从前所熟识的感伤。每件经验都有它粗壮的真实，没有叹息的余地。口边那酸甜的纹路是实际哀乐所刻画而成，是一种坚忍韧性的笑。因为生活既不是简单的火焰时，它本身是很沉重，需要韧性地支持，需要产生这韧性支持的力量。

现在后方的问题，是这种力量的源泉在哪里？决不凭着平日均衡的理智——那是不够的，天知道！尤其是在这时候，情感就在皮肤底下“踊跃其若汤”，似乎它所需要的是超理智的冲动！现在后方被缓的生活，紧的情感，两面磨擦得愁郁无快，居戚戚而不可解，每个人都可以苦恼而又热情地唱“终长夜之曼曼兮，掩此哀而不去”，或“宁溘死而流亡兮，不忍为此之常愁”！支持这日子的主力在哪里呢？你我生死，就不检讨它的意义以自大，也还需要一点结实的凭借才好。

我认得有个人，很寻常地过着国难日子的寻常人，写信给他朋友说，他的嗓子虽然总是那么干哑，他却要哑着嗓子私下告诉他的朋友：他感到无论如何在这时候，他为这可爱的老国家带着血活着，或流着血或不流着血死去，他都觉得荣耀，异于寻常的，他现在对于生与死都必然感到满足。这话或许可以在许多心弦上叩起回响，我常思索这简单朴实的情感是从哪里来的。信念？像一道泉流透过意识，我开始明了理智同热血的冲动以外，还有个纯真的力量的出处。信心产生力量，又可储蓄力量。

信仰坐在我们中间多少时候了，你我可曾觉察到？信仰所给予我们的力量不也正是那坚忍韧性的倔强？我们都相信，我们只要都为它忠贞地活着或死去，我们的大国家自会永远地向前迈进，由一个时代到又一个时代。我们在这生是如此艰难，死是这样容易的时候，彼此仍会微笑点头的缘故也就在这里吧？现在生活既这样的彼此患难同味，这信心自是，我们此时最主要的联系，不信你问他为什么仍这样硬朗地活着，他的回答自然也是你的回答，如果他也问你。

信仰坐在我们中间多少时候了？那理智热情都不能代替的信心！

思索时许多事，在思流的过程中，总是那么晦涩，明了时自己都好笑所想到的是那么简单明显的事实！此时我拭下额汗，差不多可以意识到自己口边的纹路，我尊重着那酸甜的笑，因为我明白起来，它是力量。

话不用再说了，现在一切都是这么彼此，这么共同，个别的情绪这么不相干。当前的艰苦不是个别的，而是普遍的，充满整一个民族，整一个时代！我们今天所叫做生活的，过后它便是历史。客观的无疑我们彼此所熟识的艰苦正在展开一个大时代。所以别忽略了我们现在彼此地点点头。且最好让我们共同酸甜的笑纹，有力地，坚韧地，横过历史。

一片阳光[1]

放了假，春初的日子松弛下来。将午未午时候的阳光，澄黄的一片，由窗棂横浸到室内，晶莹地四处射。我有点发怔，习惯地在沉寂中惊讶我的周围。我望着太阳那湛明的体质，像要辨别它那交织绚烂的色泽，追逐它那不着痕迹的流动。看它洁净地映到书桌上时，我感到桌面上平铺着一种恬静，一种精神上的豪兴，情趣上的闲逸；即或所谓“窗明几净”，那里默守着神秘的期待，漾开诗的气氛。那种静，在静里似可听到那一处琤琮的泉流，和着仿佛是断续的琴声，低诉着一个幽独者自娱的音调。看到这同一片阳光射到地上时，我感到地面上花影浮动，暗香吹拂左右，人随着晌午的光霭花气在变幻，那种动，柔谐婉转有如无声音乐，令人悠然轻快，不自觉地脱落伤愁。至多，在舒扬理智的客观里使我偶一回头，看看过去幼年记忆步履所留的残迹，有点儿惋惜时间；微微怪时间不能保存情绪，保存那一切情绪所曾流连的境界。

倚在软椅上不但奢侈，也许更是一种过失，有闲的过失。但东坡的辩护：“懒者常似静，静岂懒者徒”，不是没有道理。如果此刻不倚榻上而“静”，则方才情绪所兜的小小圈子便无条件地失落了去！人家就不可惜它，自己却实在不能不感到这种亲密的损失的可哀。

就说它是情绪上的小小旅行吧，不走并无不可，不过走走未始

1. 原载 1946 年 11 月 24 日《大公报 · 文艺副刊》。

不是更好。归根说，我们活在这世上到底最珍惜一些什么？果真珍惜万物之灵的人的活动所产生的种种，所谓人类文化？这人类文化到底又靠一些什么？我们怀疑或许就是人身上那一撮精神同机体的感觉，生理心理所共起的情感，所激发出的一串行为，所聚敛的一点智慧——那么一点点人之所以为人的表现。宇宙万物客观的本无所可珍惜，反映在人性上的山川草木禽兽才开始有了秀丽，有了气质，有了灵犀。反映在人性上的人自己更不用说。没有人的感觉，人的情感，即便有自然，也就没有自然的美，质或神方面更无所谓人的智慧，人的创造，人的一切生活艺术的表现！这样说来，谁该鄙弃自己感觉上的小小旅行？为壮壮自己胆子，我们更该相信惟其人类在这类情绪的驰骋，实际的世间才赓续着产生我们精神所寄托的文物精萃。

此刻我竟可以微微一咳嗽，乃至于用播音的圆润口调说：我们既然无疑的珍惜文化，即尊重盘古到今种种的艺术——无论是抽象的思想的艺术，或是具体的驾驭天然材料另创的非天然形象——则对于艺术所由来的渊源，那点点人的感觉，人的情感智慧（通称人的情绪），又当如何地珍惜才算合理？

但是情绪的驰骋，显然不是诗或画或任何其他艺术建造的完成。这驰骋此刻虽占了自己生活的若干时间，却并不在空间里占任何一个小小位置！这个情形自己需完全明了。此刻它仅是一种无踪迹的流动，并无栖身的形体。它或含有各种或可捉摸的素质，但是好奇地探讨这个素质而具体要表现它的差事，无论其有无意义，除却本人外，别人是无能为力的。我此刻为着一片清婉可喜的阳光，分明自己在对内心交流变化的各种联想发生一种兴趣的注意，换句话说，这好奇与兴趣的注意已是我此刻生活的活动。一种力量又迫着我来把握住这个活动，而设法表现它，这不易抑制的冲动，或即所谓艺术冲动也未可知！只记得冷静的杜工部散散步，看看花，也不免会有“江上被花恼不彻，无处告诉只颠狂”的情绪上一片紊乱！玲珑煦暖的阳光照人面前，那美的感人力量就不减于花，不容我生硬地自己把情绪分划为有闲与实际的两种，而权其轻重，然后再决定取舍的。我也只有情绪上的一片紊乱。

情绪的旅行本偶然的事，今天一开头并为着这片春初晌午的阳光，现在也还是为着它。房间内有两种豪侈的光常叫我的心绪紧张如同花开，趁着感觉的微风，深浅零乱于冷智的枝叶中间。一种是烛光，高高的台座，长垂的烛泪，熊熊红焰当帘幕四下时各处光影掩映。那种闪烁明艳，雅有古意，明明是画中景象，却含有更多诗的成分。另一种便是这初春晌午的阳光，到时候有意无意的大片子洒落满室，那些窗棂栏板几案笔砚浴在光霭中，一时全成了静物图案；再有红蕊细枝点缀几处，室内更是轻香浮溢，叫人俯仰全触到一种灵性。

这种说法怕有点会发生误会，我并不说这片阳光射入室内，需要笔砚花香那些儒雅的托衬才能动人，我的意思倒是：室内顶寻常的一些供设，只要一片阳光这样又幽娴又洒脱地落在上面，一切都会带上另一种动人的气息。

这里要说到我最初认识的一片阳光。那年我六岁，记得是刚刚出了水珠以后——水珠即寻常水痘，不过我家乡的话叫它做水珠。当时我很喜欢那美丽的名字，忘却它是一种病，因而也觉到一种神秘的骄傲。只要人过我窗口问问出“水珠”么？我就感到一种荣耀。那个感觉至今还印在脑子里。也为这个缘故，我还记得病中奢侈的愉悦心境。虽然同其他多次的害病一样，那次我仍然是孤独的被囚禁在

一间房屋里休养的。那是我们老宅子里最后的一进房子；白粉墙围着小小院子，北面一排三间，当中夹着一个开敞的厅堂。我病在东头娘的卧室里。西头是婶婶的住房。娘同婶永远要在祖母的前院里行使她们女人们的职务的，于是我常是这三间房屋唯一留守的主人。

在那三间屋子里病着，那经验是难堪的。时间过得特别慢，尤其是在日中毫无睡意的时候。起初，我仅集注我的听觉在各种似脚步，又不似脚步的上面。猜想着，等候着，希望着人来。间或听听隔墙各种琐碎的声音，由墙基底下传达出来又消敛了去。过一会儿，我就不耐烦了——不记得是怎样的，我就趿着鞋，挨着木床走到房门边。房门向着厅堂斜斜地开着一扇，我便扶着门框好奇地向外探望。

那时大概刚是午后两点钟光景，一张刚开过饭的八仙桌，异常寂寞地立在当中。桌下一片由厅口处射进来的阳光，泄泄融融地倒在那里。一个绝对悄寂的周围伴着这一片无声的金色的晶莹，不知为什么，忽使我六岁孩子的心里起了一次极不平常的振荡。

那里并没有几案花香，美术的布置，只是一张极寻常的八仙桌。如果我的记忆没有错，那上面在不多时间以前，是刚陈列过咸鱼、酱菜一类极寻常俭朴的午餐的。小孩子的心却呆了。或许两只眼睛倒张大一点，四处地望，似乎在寻觅一个问题的答案。为什么那片阳光美得那样动人？我记得我爬到房内窗前的桌子上坐着，有意无意地望望窗外，院里粉墙疏影同室内那片金色和煦截然不同趣味。顺便我翻开手边娘梳妆用的旧式镜箱，又上下摇动那小排状抽屉，同那刻成花篮形的小铜坠子，不时听雀跃过枝清脆的鸟语。心里却仍为那片阳光隐着一片模糊的疑问。

时间经过二十多年，直到今天，又是这样一泄阳光，一片不可捉摸，不可思议流动的而又恬静的瑰宝，我才明白我那问题是永远没有答案的。事实上仅是如此：一张孤独的桌，一角寂寞的厅堂。一只灵巧的镜箱，或窗外断续的鸟语，和水珠——那美丽小孩子的病名——便凑巧永远同初春静沉的阳光整整复斜斜地成了我回忆中极自然的联想。

窘[1]

暑假中真是无聊到极点，维杉几乎急着学校开课，他自然不是特别好教书的——平日他还很讨厌教授的生活——不过暑假里无聊到没有办法，他不得不想到做事是可以解闷的。拿做事当作消遣也许是堕落。中年人特有的堕落。“但是，”维杉狠命地划一下火柴，“中年了又怎样？”他又点上他的烟卷连抽了几口。朋友到暑假里，好不容易找，都跑了，回南的不少，几个年轻的，不用说，更是忙得可以。当然脱不了为女性着忙，有的远赶到北戴河去。只剩下少朗和老晋几个永远不动的金刚，那又是因为他们有很好的房子有太太有孩子，真正过老牌子的中年生活，谁都不像他维杉的四不像的落魄！

维杉已经坐在少朗的书房里有一点多钟了，说着闲话，虽然他吃烟的时候比说话时多。难得少朗还是一味的活泼，他们中间隔着十年倒是一件不很显著的事，虽则少朗早就做过他的四十岁整寿，他的大孩子去年已进了大学。这也是旧式家庭的好处，维杉呆呆地靠在矮榻上想，眼睛望着竹帘外大院子。一缸莲花和几盆很大的石榴树，夹竹桃，叫他对着北京这特有的味道赏玩。他喜欢北京，尤其是北京的房子、院子。有人说北京房子傻透了，尽是一律的四合头，这说话的够多没有意思，他哪里懂得那均衡即对称的庄严？北京派的摆花也是别有味道，连下人对盆花也是特别地珍惜，你看哪一个大宅子的马

1. 原载 1931 年 9 月《新月》三卷 9 期。

号院里，或是门房前边，没有几盆花在砖头叠的座子上整齐地放着？想到马号维杉有些不自在了，他可以想象到他的洋车在日影底下停着，车夫坐在脚板上歪着脑袋睡觉，无条件地在等候他的主人，而他的主人……

无聊真是到了极点。他想立起身来走，却又看着毒火般的太阳胆怯。他听到少朗在书桌前面说："昨天我亲戚家送来几个好西瓜，今天该冰得可以了。你吃点吧？"

他想问答说："不，我还有点事，就要走了。"却不知不觉地立起身来说："少郎，这夏天我真感觉沉闷，无聊！委实说这暑假好不容易过。"

少朗递过来一盒烟，自己把烟斗衔到嘴里，一手在桌上抓摸洋火。他对维杉看了一眼，似笑非笑地皱了一皱眉头——少朗的眉头是永远有文章的。维杉不觉又有一点不自在，他的事情，虽然是好几年前的事情，少朗知道得最清楚的——也许太清楚了。

"你不吃西瓜么？"维杉想拿话岔开。

少朗不响，吃了两口烟，一边站起来按电铃，一边轻轻地悦："难道你还没有忘掉？"

"笑话！"维杉急了，"谁的记性抵得住时间？"

少朗的眉头又皱了一皱，他信不信维杉的话很难说。他嘱咐进来的陈升到东院和太太要西瓜，他又说："索性请少爷们和小姐出来一块儿吃。"少朗对于家庭是绝对的旧派，和朋友们一处时很少请太太出来的。

"孩子们放暑假，出去旅行后，都回来了，你还没有看见吧？"

从玻璃窗，维杉望到外边。从石榴和夹竹桃中间跳着走来两个身材很高，活泼泼的青年和一个穿着白色短裙的女孩子。

“少郎，那是你的孩子长得这么大了？”

“不，那个高的是孙家的孩子，比我的大两岁，他们是好朋友，这暑假他就住在我们家里。你还记得孙石年不？这就是他的孩子，好聪明的！”

“少朗，你们要都让你们的孩子这样的长大，我，我觉得简直老了！”

竹帘子一响，旋风般地，三个活龙似的孩子已经站在维杉跟前。维杉和小孩子们周旋，还是维杉有些不自在，他很别扭地拿着长辈的样子问了几句话。起先孩子们还很规矩，过后他们只是乱笑。那又有什么办法？天真烂漫的青年知道什么？

少朗的女儿，维杉三年前看见过一次，那时候她只是十三四岁光景，张着一双大眼睛，转着黑眼珠，玩他的照相机。这次她比较腼腆地站在一边，拿起一把刀替他们切西瓜。维杉注意到她那只放在西瓜上边的手。她在喊“小篁哥”。她说：“你要切，我可以给你这一半。”小嘴抿着微笑。她又说：“可要看谁切得别致，要式样好！”她更笑得厉害一点。

维杉看她比从前虽然高了许多，脸样却还是差不多那么圆满，除却一个小尖的下颏。笑的时候她的确比不笑的时候大人气一点，这也许是她那排小牙很有点少女的丰神的缘故。她的眼睛还是完全的孩子气，闪亮，闪亮的，说不出是灵敏，还是秀媚。维杉呆呆地想一个女孩子在成人的边沿真像一个绯红的刚成熟的桃子。

孙家的孩子毫不客气地过来催她说：“你哪里懂得切西瓜，让我来吧！”

“对了，芝妹，让他吧，你切不好的！”她哥哥也催着她。

“爹爹，他们又打伙着来麻烦我。”她柔和地唤她爹。

“真丢脸，现时的女孩子还要爹爹保护么？”他们父子俩对看着笑了一笑，他拉着他的女儿过来坐下问维杉说：“你看她还是进国内的大学好，还是送出洋进外国的大学好？”

“什么？这么小就预备进大学？”

“还有两年。”芝先答应出来，“其实只是一年半，因为我年假里便可以完，要是爹让我出洋，我春天就走都可以的，爹爹说是不是？”她望着她的爹。

“小鸟长大了翅膀，就想飞！”

“不，爹，那是大鸟把他们推出巢去学飞！”他们父子俩又交换了一个微笑。这次她爹轻轻地抚着她的手背，她把脸凑在她爹的肩边。

两个孩子在小桌子上切了一会儿西瓜，小孙顶着盘子走到芝前边屈下一膝，顽皮地笑着说：“这西夏进贡的瓜，请公主娘娘尝一块！”

她笑了起来拈了一块又向她爹说：“爹看他们够多皮？”

“万岁爷，您的御口也尝一块！”

“沅，不先请客人，岂有此理！”少朗拿出父亲样子来。

“这位外邦的贵客，失敬了！”沅递了一块过来给维杉，又张罗着碟子。

维杉又觉着不自在——不自然！说老了他不算老，也实在不老。可是年轻？他也不能算是年轻，尤其是遇着这群小伙子。真是没有办法！他不知为什么觉得窘极了。

此后他们说些什么他不记得，他自己只是和少朗谈了一些小孩子在国外进大学的问题。他好像比较赞成国外大学，虽然他也提出了一大堆缺点和弊病，他嫌国内学生的生活太枯干，不健康，太窄，太老……

“自然，”他说，“成人以后看外国比较有尺寸，不过我们并不是送好些小学生出去，替国家做检查员的。我们只要我们的孩子得着我们自己给不了他们的东西。既然承认我们有给不了他们的一些东西，还不如早些送他们出去自由地享用他们年轻人应得的权利——活泼的生活。奇怪，真的连这一点子我们常常都给不了他们，不要讲别的了。”

“我们”和“他们”！维杉好像在他们中间划出一条界线，分明地分成两组，把他自己分在前辈的一边。他羡慕有许多人只是一味的老成，或是年轻，他虽然分了界线却仍觉得四不像——窘，对了，真窘！芝看着他，好像在吸收他的议论，他又不自在到万分，拿起帽子告诉少朗他一定得走了。“有一点事情要赶着做。”他又听到少朗说什么“真可惜；不然倒可以一同吃晚饭的”。他觉着自己好笑，嘴里却说：“不行，少朗，我真的有事非走不可了。”一边慢慢地踱出院子来。两个孩子推着挽着芝跟了出来送客。到维杉迈上了洋车后，他回头看大门口那三个活龙般年轻的孩子站在门槛上笑，尤其是她，略歪着头笑，露着那一排小牙。

又过了两三天的下午，维杉又到少朗那里闲聊，那时已经差不多七点多钟，太阳已经下去了好一会儿，只留下满大的斑斑的红霞。他刚到门口已经听到院子里的笑声。他跨进西院的月门，只看到小孙和芝在争着拉天棚。

“你没有劲儿，”小孙说，“我帮你的忙。”他将他的手罩在芝的上边，两人一同狠命地拉。听到维杉的声音，小孙放开手，芝也停住了绳子不拉，只是笑。

维杉一时感着一阵高兴，他往前走了几步对芝说：“来，让我也拉一下。”他刚到芝的旁边，忽然吱哑一声，雨一般的小点从他们头上喷洒下来，冰凉的水点骤浇到背上，吓了他们一跳，芝撒开手，天棚绳子从她手心溜了出去！原来小沅站在水缸边玩抽水机筒，第一下便射到他们的头上。这下子大家都笑，笑得厉害。芝站着不住地摇她发上的水。维杉踟蹰了一下，从袋里掏出他的大手绢轻轻地替她揩发上的水。她两颊绯红了却没有躲走，低着头尽看她擦破的掌心。维杉看到她肩上湿了一小片，晕红的肉色从湿的软白纱里透露出来，他停住手不敢也拿手绢擦，只问她的手怎样了，破了没有。她背过手去说：“没有什么！”就溜地跑了。

少朗看他进了书房，放下他的烟斗站起来，他说维杉来得正好，他约了几个人吃晚饭。叔谦已经在屋内，还有老晋，维杉知道他们免不了要打牌的，他笑说："拿我来凑脚，我不来。"

"那倒用不着你，一会儿梦清和小刘都要来的，我们还多了人呢。"少朗得意地吃一口烟，叠起他的稿子。

"他只该和小孩子们耍去。"叔谦微微一笑，他刚才在窗口或者看到了他们拉天棚的情景。维杉不好意思了。可是又自觉得不好意思得毫无道理，他不是拿出老叔的牌子么？可是不相干，他还是不自在。

"少朗的大少爷皮着呢，浇了老叔一头的水！"他笑着告诉老晋。

"可不许你把人家的孩子带坏了。"老晋也带点取笑他的意思。

维杉恼了，恼什么他不知道，说不出所以然。他不高兴起来，他想走，他懊悔他来的，可是他又不能就走。他闷闷地坐下，那种说不出的窘又侵上心来。他接连抽了好几根烟，也不知都说了一些什么话。

晚饭时候孩子们和太太并没有加入，少朗的老派头。老晋和少朗的太太很熟，饭后同了维杉来到东院看她。她们已吃过饭，大家围住圆桌坐着玩。少朗太太虽然已经是中年的妇人，却是样子非常的年轻，又很清雅。她坐在孩子旁边倒像是姊弟。小孙在用肥皂刻一副象棋——他爹是学过雕刻的——芝低着头用尺画棋盘的方格，一只手按住尺，支着细长的手指，右手整齐地用钢笔描。在低垂着的细发底下，维杉看到她抿紧的小嘴，和那微尖的下颏。

"杉叔别走，等我们做完了盘棋和棋子，同杉叔下一盘棋，好不好？"沅问他。"平下，谁也不让谁。"他更高兴着说。

“那倒好，我们辛苦做好了棋盘棋子，你请客！”芝一边说她的哥哥，一边又看一看小孙。

“所以他要学政治。”小孙笑着说。好厉害的小嘴！维杉不觉看他一眼，小孙一头微鬈的黑发让手抓得蓬蓬的。两个伶俐的眼珠老带些顽皮的笑。瘦削的脸却很健硕白皙。他的两只手真有性格，并且是意外的灵动，维杉就喜欢观察人家的手。他看小孙的手抓紧了一把小刀，敏捷地在刻他的棋子，旁边放着两碟颜色，每刻完了一个棋子，他在字上从容地描入绿色或是红色。维杉觉着他很可爱，便放一只手在他肩上说：“真是一个小美术家！”

刚说完，维杉看见芝在对面很高兴地微微一笑。

少朗太太问老晋家里的孩子怎样了，又殷勤地搬出果子来大家吃。她说她本来早要去看晋嫂的，只是暑假中孩子们在家她走不开。

“你看，”她指着小孩子们说：“这一大桌子，我整天地忙着替他们当差。”

“好，我们帮忙的倒不算了。”芝抬起头来笑，又露着那排小牙。“晋叔，今天你们吃的饺子还是孙家篁哥帮着包的呢！”

“是么？”老晋看一看她，又看了小孙，“怪不得，我说那味道怪顽皮的！”

“那红烧鸡里的酱油还是‘公主娘’御手亲自下的呢。”小孙嚷着说。

“是么？”老晋看一看维杉，“怪不得你杉叔跪接着那块鸡，差点没有磕头！”

维杉又有点不痛快，也不是真恼，也不是急，只是觉得窘极了。“你这晋叔的学位，”他说，“就是这张嘴换来的。听说他和晋婶婶结婚的那一天演说了五个钟头，等到新娘子和傧相站在台上委实站不直了，他才对客人一鞠躬说：‘今大只有这几句极简单的话来谢谢大家来宾的好意！’”

小孩们和少朗太太全听笑了，少朗太太说：“够了，够了，这些孩子还不够皮的，你们两位还要教他们？”

芝笑得仰不起头来，小孙瞟她一眼，哼一声说：“这才叫做女孩子。”她脸涨红了瞪着小孙看。

棋盘，棋子全画好了。老晋要回去打牌，孩子们拉着维杉不放，他只得留下，老晋笑了出去。维杉只装没有看见。小孙和芝站起来到门边脸盆里争着洗手，维杉听到芝说：

“好痛，刚才绳子擦破了手心。”

小孙说：“你别用胰子就好了。来，我看看。”他拿着她的手仔细看了半天，他们两人拉着一块手巾一同擦干，又叽叽咕咕地说笑。

维杉觉得无心下棋，却不得不下。他们三个人战他一个。起先他懒洋洋地没有注意，过一刻他真有些应接不暇了。不知为什么他却觉着他不该输的，他不愿意输！说起来真好笑，可是他的确感着要占胜，孩子不孩子他不管！芝的眼睛镇住看他的棋，好像和弱者表同情似的，他真急了。他野蛮起来了，他居然进攻对方的弱点了，他调用他很有点神气的马了，他走卒了，棋势紧张起来，两边将帅都不能安居在当中了。孩子们的车守住他大帅的脑门顶上，吃力的当然是维杉的棋！没有办法。三个活龙似的孩子，六个玲珑的眼睛，维杉又有什么法子！他输了输了，不过大帅还真死得英雄，对方的危势也只差一两子便要命的！但是事实上他仍然是输了。下完了以后，他觉得热，出了些汗，他又拿出手绢来刚要揩他的脑门，忽然他呆呆地看着芝的细松的头发。

“还不快给杉叔倒茶。”少朗太太喊她的女儿。

芝转身到茶桌上倒了一杯，两只手捧着，端过来。维杉不知为什么又觉得窘极了。

孩子们约他清早里逛北海，目的当然是摇船。他去了，虽然好几次他想设法推辞不去的。他穿他的白嗬呾裤子葛布上衣，拿了他草帽微觉得可笑，他近来永远地觉得自己好笑，这种横生的幽默，他自己也不了解的。他一径走到北海的门口还想着要回头的。站岗的巡警向他看了一眼，奇怪，有时你走路时忽然望到巡警的冷静的眼光，真会使你怔一下，你要自问你都做了些什么事，准知道没有一件是违法的么？他买到票走进去，猛抬头看到那桥前的牌楼。牌楼，白石桥，垂柳，都在注视他——他不痛快极了，挺起腰来健步走到旁边小路上，表示不耐烦。不耐烦的脸本来与他最相宜的，他一失掉了“不耐烦”的神情，他便好像丢掉了好朋友，心里便不自在。懂得吧？他绕到后边，隔岸看一看白塔，它是自在得很，永远带些不耐烦的脸站着——还是坐着？——它不懂得什么年轻，老。这一些无聊的日月，它只是站着不动，脚底下自有湖水，亭榭松柏，杨柳，人——老的小的——忙着他们更换的纠纷！

他奇怪他自己为什么到北海来，不，他也不是懊悔，清早里松荫底下发着凉香，谁懊悔到这里来？他感着像青草般在接受露水的滋润，他居然感着舒快。奢侈的金黄色的太阳横着射过他的辉焰，湖水像锦，莲花莲叶并着肩挨挤成一片，像在争着朝觐这早上的云天！这富足，这绮丽的天然，谁敢不耐烦？维杉到五龙亭边坐下掏出他的烟卷，低着头想要仔细地，细想一些事，去年的，或许前年的，好多年的事——今早他又像回到许多年前去——可是他总想不出一个所以然来。“本来是，又何必想？要活着就别想！这又是谁说过的话……”

忽然他看到芝一个人向他这边走来。她穿着葱绿的衣裳，裙子很短，随着她跳跃的脚步飘动，手里玩着一把未开的小纸伞。头发在阳光里，微带些红铜色，那倒是很特别的。她看到维杉笑了一笑，轻轻地跑了几步凑上来，喘着说：“他们租船去了。可是一个不够，我们还要雇一只。”维杉丢下烟，不知不觉地拉着她的手说：

“好，我们去雇一只，找他们去。”

她笑着让他拉着她的手。他们一起走了一些路，才找着租船的人。维杉看她赤着两只健秀的腿，只穿一双统子极短的袜子，和一双白布的运动鞋；微红的肉色和葱绿的衣裳叫他想起他心爱的一张新派作家的画。他想他可惜不会画，不然，他一定知道怎样的画她——微红的头发，小尖下颏，绿的衣服，红色的腿，两只手，他知道，一定知道怎样的配置。他想象到这张画挂在展览会里，他想象到这张画登在月报上，他笑了。

她走路好像是有弹性地奔腾。龙，小龙！她走得极快，他几乎要追着她。他们雇好船跳下去，船人一竹篙把船撑离了岸，他脱下衣裳卷起衫袖，他好高兴！她说她要先摇，他不肯，他点上烟含在嘴里叫她坐在对面。她忽然又腼腆起来低着头装着看莲花半晌没有说话，他的心像被蜂螫了一下，又觉得一阵窘，懊悔他出来。他想说话，却找不出一句话说，他尽摇着船也不知过了多少时候她才抬起头来问他说：

“杉叔，美国到底好不好？”

“那得看你自己。”他觉得他自己的声音粗暴，他后悔他这样尖刻地回答她诚恳的问话。他更窘了。

她并没有不高兴，她说：“我总想出去了再说。反正不喜欢我就走。”

这一句话本未很平淡，维杉却觉得这孩子爽快得可爱，他夸她说：

“好孩子，这样有决断才好。对了，别错认学位做学问就好了，你预备学什么呢？”

她脸红了半天说：“我还没有决定呢……爹要我先进普通文科再说……我本来是要想学……”她不敢说下去。

“你要学什么坏本领，值得这么胆怯！”

她的脸更红了，同时也大笑起来，在水面上听到女孩子的笑声，真有说不出的滋味，维杉对着她看，心里又好像高兴起来。

“不能宣布么？”他又逗着追问。

“我想，我想学美术——画……我知道学画不该到美国去的，并且……你还得有天才，不过……”

“你用不着学美术的，更不必学画。”维杉禁不住这样说笑。

“为什么？”她眼睛睁得很大。

“因为，”维杉这回觉得有点不好意思了，他低声说：“因为你的本身便是美术，你此刻便是一张画。”他不好意思极了，为什么人不能够对着太年轻的女孩子说这种恭维的话？你一说出口，便要感着你自己的蠢，你一定要后悔的。她此刻的眼睛看着维杉，叫他又感着窘到极点了。她的嘴角微微地斜上去，不是笑，好像是鄙薄他这种的恭维她——没法子，话已经说出来了，你还能收回去？！窘，谁叫他自己找事！

两个孩子已经将船拢来，到他们一处，高兴地嚷着要赛船。小孙立在船上高高的细长身子穿着白色的衣裳在荷叶丛前边格外明显。他两只手叉在脑后，眼睛看着天，嘴里吹唱一些调子。他又伸只手到叶丛里摘下一朵荷花。

“接，快接！”他轻轻掷到芝的面前，“怎么了，大清早里睡着了？”

她只是看着小孙笑。

“怎样，你要在哪一边，快拣定了，我们便要赛船了。”维杉很老实地问芝，她没有回答。她哥哥替她决定了，说：“别换了，就这样吧。”

赛船开始了，荷叶太密，有时两个船几乎碰上，在这种时候芝便笑得高兴极了，维杉摇船是老手，可是北海的水有地方很浅，有时不容易发展，可是他不愿意再在孩子们面前出丑，他决定要胜过他们，所以他很加小心和力量。芝看到后面船渐渐要赶上时她便催他赶快，他也愈努力了。

太阳积渐热起来，维杉们的船已经比沅的远了很多，他们承认输了预备回去，芝说杉叔一定乏了，该让她摇回去，他答应了她。

他将船板取开躺在船底，仰着看天。芝将她的伞借他遮着太阳。自己把荷叶包在头上摇船。维杉躺着看云，看荷花梗，看水，看岸上的亭子，把一只手丢在水里让柔润的水浪洗着，他让芝慢慢地摇他回去，有时候他张开眼看她，有时候他简直闭上眼睛，他不知道他是快活还是苦痛。

少朗的孩子是老实人，浑厚得很却不笨，听说在学校里功课是极好的。走出北海时，他跟维杉一排走路和他说了好些话。他说他愿意在大学里毕业了才出去进研究院的。他说，可是他爹想后年送妹妹出去进大学；那样子他要是同走，大学里还差一年，很可惜，如果不走，妹妹又不肯白白地等他一年。当然他说小孙比他先一年完，正好可以和妹妹同走。不过他们三个老是在一起惯了，如果他们两人走了，他一个人留在国内一定要感着闷极了，他说："炒鸡子"这事简直是"糟糕一麻丝"。

他又讲小孙怎样的聪明，运动也好，撑杆跳的式样"简直是太好，还有游水他也好，不用说，他简直什么都干！"他又说小孙本来在足球队里的，可是这次和天津比赛时，他不肯练。"你猜为什么？"他问维杉，"都是因为学校盖个喷水池，他整天守着石工看他们刻鱼！"

"他预备也学雕刻么？他爹我认得，从前也学过雕刻的。"维杉问他。

"那我不知道，小孙的文学好，他写了许多好的诗——爹爹也说很好的。"

沅加上这一句证明小孙的诗的好是可靠的。"不过，他乱得很，稿子不是撕了便是丢了的。"他又说他怎样有时替他捡起抄了寄给《校刊》。总而言之沅是小孙的"英雄崇拜者"。

沅说到他的妹妹，他说他妹妹很聪明，她不像寻常的女孩那么"讨厌"，这里他脸红了，他说："别扭得讨厌，杉叔知道吧？"他又说他班上有两个女学生，对于这个他表示非常的不高兴。

维杉听到这一大篇谈话，知道简单点讲，他维杉自己，和他们中间至少有一道沟——并不是什么了不得的间隔——只是一个年龄的深沟，桥是搭得过去的，不过深沟仍然是深沟，你搭多少条桥，沟

是仍然不会消灭的。他问沅几岁，沅说：“整整的快十九了。”他妹妹虽然是十七，“其实只满十六年。”维杉不知为什么又感着一阵不舒服，他回头看小孙和芝并肩走着，高兴地说笑。“十六，十七。”维杉嘴里哼哼着。究竟说三十四不算什么老，可是那就已经是十七的一倍了。谁又愿意比人家岁数大出一倍，老实说！

维杉到家时并不想吃饭，只是连抽了几根烟。

过了一星期，维杉到少朗家里来。门房里陈升走出来说："老爷到对过张家借打电话去，过会子才能回来。家里电话坏了两天，电话局还不派人来修理。"陈升是个打电话专家，有多少曲折的传话，经过他的嘴，就能一字不漏地溜进电话筒。那也是一种艺术。他的方法听着很简单，运用起来的玄妙你就想不到。哪一次维杉走到少朗家里不听到陈升在过厅里向着电话："喂，喂，喹，我说，我说呀！"维杉向陈升一笑，他真不能替陈升想象到没有电话时的烦闷。

"好，陈升，我自己到书房里等他，不用你了。"维杉一个人踱过那静悄悄的西院，金鱼缸，莲花，石榴，他爱这院子，还有隔墙的枣树，海棠。他掀开竹帘走进书房。迎着他眼的是一排丰满的书架，壁上挂的朱拓的黄批，和屋子当中的一大盆白玉兰，幽香充满了整间屋子。维杉很羡慕少朗的生活。夏天里，你走进一个搭着天棚的一个清凉大院子，静雅的三间又大又宽的北屋，屋里满是琳琅的书籍，几件难得的古董，再加上两三盆珍罕的好花，你就不能不艳羡那主人的清福！

维杉走到套间小书斋里，想写两封信，他忽然看到芝一个人伏在书桌上。他奇怪极了，轻轻地走上前去。

"怎么了？不舒服么，还是睡着了？"

"吓我一跳！我以为是哥哥回来了……"芝不好意思极了。维杉看到她哭红了的眼睛。

维杉起先不敢问，心里感得不过意，后来他伸一只手轻抚着她的头说："好孩子，怎么了？"

她的眼泪更扑簌簌地掉到裙子上，她拈了一块——真是不到四寸见方——淡黄的手绢拼命地擦眼睛。维杉想，她叫你想到方成熟的桃或是杏，绯红的，饱饱的一颗天真，让人想摘下来赏玩，却不敢真真地拿来吃，维杉不觉得没了主意。他逗她说：

“准是嬷打了！”

她拿手绢蒙着脸偷偷地笑了。

“怎么又笑了？准是你打了嬷了！”

这回她伏在桌上索性嗤嗤地笑起来。维杉糊涂了。他想把她的小肩膀搂住，吻她的粉嫩的脖颈，但他又不敢。他站着发了一会儿呆。他看到椅子上放着她的小纸伞，他走过去坐下开着小伞说玩。

她仰起身来，又擦了半天眼睛，才红着脸过来拿她的伞，他不给。

“刚从哪里回来，芝？”他问她。

“车站。”

“谁走了？”

“一个同学，她是我最好的朋友，可是她……她明年不回来了！”她好像仍是很伤心。

他看着她没有说话。

“杉叔，您可以不可以给她写两封介绍信，她就快到美国去了。”

“到美国哪一个城？”

“反正要先到纽约的。”

“她也同你这么大么？”

“还大两岁多。……杉叔您一定得替我写，她真是好，她是我最好的朋友了。……杉叔，您不是有许多朋友吗，你一定得写。”

“好，我一定写。”

“爹说杉叔有许多……许多女朋友。”

“你爹这样说了么？”维杉不知为什么很生气。他问了芝她朋友的名字，他说他明天替她写那介绍信。他拿出烟来很不高兴地抽。这回芝拿到她的伞却又不走。她坐下在他脚边一张小凳上。

“杉叔，我要走了的时候您也替我介绍几个人。”

他看着芝倒翻上来的眼睛，他笑了，但是他又接着叹了一口气。

他说：“还早着呢，等你真要走的时候，你再提醒我一声。”

“可是，杉叔，我不是说女朋友，我的意思是：也许杉叔认得几个真正的美术家或是文学家。”她又拿着手绢玩了一会儿低着头说：“篁哥，孙家的篁哥，他亦要去的，真的，杉叔，他很有点天才。可是他想不定学什么。他爹爹说他岁数太小，不让他到巴黎学雕刻，要他先到哈佛学文学，所以我们也许可以一同走……我亦劝哥哥同去，他可舍不得这里的大学。”这里她话愈说得快了，她差不多喘不过气来，“我们自然不单到美国，我们以后一定转到欧洲，法国，意大利，对了，篁哥连做梦都是做到意大利去，还有英国……”

维杉心里说：“对了，出去，出去，将来，将来，年轻！荒唐的年轻！他们只想出去飞！飞！叫你怎不觉得自己落伍，老，无聊，无聊！”他说不出的难过，说老，他还没有老，但是年轻？！他看着烟卷没有话说。芝看着他不说话也不敢再开口。

“好，明年去时再提醒我一声，不，还是后年吧？……那时我也许已经不在这里了。”

“杉叔，到哪里去？”

“没有一定的方向，也许过几年到法国来看你……那时也许你已经嫁了……”

芝急了，她说：“没有的话，早着呢！”

维杉忽然做了一件很古怪的事，他俯下身去吻了芝的头发。他又伸过手拉着芝的小手。

少朗推帘子进来，他们两人站起来，赶快走到外间来。芝手里还拿着那把纸伞。少朗起先没有说话，过一会儿，他皱了一皱他那有文章的眉头问说：“你什么时候来的？”

“刚来。”维杉这样从容地回答他，心里却觉着非常之窘。

“别忘了介绍信，杉叔。”芝叮咛了一句又走了。

“什么介绍信？”少朗问。

“她要我替她同学写几片介绍信。”

“你还在和碧谛通信么？还有雷茵娜？”少朗仍是皱着眉头。

“很少……”维杉又觉得窘到极点了。

星期三那天下午到天津的晚车里，旭窗遇到维杉在头等房间里靠着抽烟，问他到哪里去，维杉说回南。旭窗叫脚行将自己的皮包也放在这间房子里说：

“大暑天，怎么倒不在北京？”

“我在北京，”维杉说，“感得，感得窘极了。”他看一看他拿出来拭汗的手绢，“窘极了！”

“窘极了？”旭窗此时看到卖报的过来，他问他要《大公报》看，便也没有再问下去维杉为什么在北京感着“窘极了”。

香山 六月

九十九度中[1]

三个人肩上各挑着黄色，有“美丰楼”字号大圆篓的，用着六个满是泥泞凝结的布鞋，走完一条被太阳晒得滚烫的马路之后。转弯进了一个胡同里去。

“劳驾，借光——三十四号甲在哪一头？”在酸梅汤的摊子前面，让过一辆正在飞奔的家车——钢丝轮子亮得晃眼的——又向蹲在墙角影子底下的老头儿，问清了张宅方向后，这三个流汗的挑夫便又努力地往前走。那六只泥泞布履的脚，无条件地，继续着他们机械式的辗动。

在那轻快的一瞥中，坐在洋车上的卢二爷看到黄篓上饭庄的字号，完全明白里面装的是丰盛的筵席，自然地，他估计到他自己午饭的问题。家里饭乏味，菜蔬缺乏个性，太太的脸难看，你简直就不能对她提到那厨子问题。这几天天太热，太热，并且今天已经二十二，什么事她都能够牵扯到薪水的问题上。孩子们再一吵，谁能够在家里吃中饭！

“美丰楼饭庄”黄篓上黑字写得很笨大，方才第二个挑夫挑得特别吃劲，摇摇摆摆地使那黄篓左右的晃……

美丰楼的菜不能算坏，义永居的汤面实在也不错……于是义永居的汤面？还是市场万花斋的点心？东城或西城？找谁同去聊天？

1.原载1934年5月《学文》一卷1期。

逸九新从南边来的住在哪里？或许老孟知道，何不到和记理发馆借个电话？卢二爷估计着，犹豫着，随着洋车的起落。他又好像已经决定了在和记借电话，听到伙计们的招呼："……二爷您好早？……用电话，这边您哪！……"

伸出手臂，他睨一眼金表上所指示的时间，细小的两针分停在两个钟点上，但是分明的都在挣扎着到达十二点上边。在这时间中，车夫感觉到主人在车上翻动不安，便更抓稳了车把，弯下一点背，勇猛地狂跑。二爷心里仍然疑问着面或点心；东城或西城；车已赶过前面的几辆。一个女人骑着自行车，由他左侧冲过去，快镜似的一瞥鲜艳的颜色，脚与腿，腰与背，侧脸、眼和头发，全映进老卢的眼里，那又是谁说过的……老卢就是爱看女人！女人谁又不爱？难道你在街上真闭上眼不瞧那过路的漂亮的！

"到市场，快点。"老卢吩咐他车夫奔驰的终点，于是主人和车夫戴着两顶价格极不相同的草帽，便同在一个太阳底下，向东安市场奔去。

很多好看的碟子和鲜果点心，全都在大厨房院里，从黄色层篓中检点出来。立着监视的有饭庄的"二掌柜"和张宅的"大师傅"；两人都因为胖的缘故，手里都有把大蒲扇。大师傅举着扇扑一下进来凑热闹的大黄狗。

"这东西最讨嫌不过！"这句话大师傅一半拿来骂狗，一半也是来权作和掌柜的寒暄。

"可不是？他 × 的，这东西真可恶。"二掌柜好脾气地用粗话也骂起狗。

狗无聊地转过头到垃圾堆边闻嗅隔夜的肉骨。

奶妈抱着孙少爷进来，七少奶每月用六元现洋雇她，抱孙少爷到厨房，门房，大门口，街上一些地方喂奶连游玩的。今天的厨房又是这样的不同；饭庄的“头把刀”带着几个伙计在灶边手忙脚乱地炒菜切肉丝，奶妈觉得孙少爷是更不能不来看：果然看到了生人，看到狗，看到厨房桌上全是好看的干果，鲜果，糕饼，点心，孙少爷格外高兴，在奶妈怀里跳，手指着要吃。奶妈随手赶开了几只苍蝇，拣一块山楂糕放到孩子口里，一面和伙计们打招呼。

忽然看到陈升走到院子里找赵奶奶，奶妈对他挤了挤眼，含笑地问：“什么事值得这么忙？”同时她打开衣襟露出前胸喂孩子奶吃。

“外边挑担子的要酒钱。”陈升没有平时的温和，或许是太忙了的缘故。老太太这次做寿，比上个月四少奶小孙少爷的满月酒的确忙多了。

此刻那三个粗蠢的挑夫蹲在外院槐树荫下，用黯黑的毛巾擦他们的脑袋，等候着他们这满身淋汗的代价。一个探首到里院偷偷看院内华丽的景象。

里院和厨房所呈的纷乱固然完全不同，但是它们纷乱的主要原因则是同样的，为着六十九年前的今天。六十九年前的今天，江南一个富家里又添了一个绸缎金银裹托着的小生命。经过六十九个像今年这样流汗天气的夏天，又产生过另十一个同样需要绸缎金银的生命以后，那个生命乃被称为长寿而又有福气的妇人。这个妇人，今早由两个老妈扶着，坐在床前，拢一下斑白稀疏的鬓发，对着半碗火腿稀饭摇头：

“赵妈，我哪里吃得下这许多？你把锅里的拿去给七少奶的云乖乖吃罢……”

七十年的穿插，已经卷在历史的章页里，在今天的院里能呈露出多少，谁也不敢说。事实是今天，将有很多打扮得极体面的男女来庆祝，庆祝能够维持这样长久寿命的女人，并且为这一庆祝，饭庄里已将许多生物的寿命裁削了，拿它们的肌肉来补充这庆祝者的肠胃。

前两人这院子就为了这事改变了模样，簇新的喜棚支出瓦檐丈余尺高。两旁红喜字玻璃方窗，由胡同的东头，和顺车厂的院里是可以看得很清楚的。前晚上六点左右，小三和环子，两个洋车夫的儿子，倒土筐的时候看到了，就告诉他们嬷：“张家喜棚都搭好了，是哪一个孙少爷娶新娘子？”他们嬷为这事，还拿了鞋样到陈大嫂家说个话儿。正看到她在包饺子，笑嘻嘻地得意得很，说老太太做整寿——多好福气——她当家的跟了张老太爷多少年。昨天张家三少奶还叫她进去，说到日子要她去帮个忙儿。

喜棚底下圆桌面就有七八张，方凳更是成叠地堆在一边；几个夫役待着鸡毛帚，忙了半早上才排好五桌。小孩子又多，什么孙少爷，侄孙少爷，姑太太们带来的那几位都够淘气的。李贵这边排好几张，那边小爷们又扯走了排火车玩。天热得厉害，苍蝇是免不了多，点心干果都不敢先往桌子上摆。冰化得也快，篓子底下冰水化了满地！汽水瓶子挤满了厢房的廊上，五少奶看见了只嚷不行，全要冰起来。

全要冰起来！真是的，今天的食品全摆起来够像个菜市，四个冰箱也腾不出一点空隙。这新买来的冰又放在哪里好？李贵手里捧着两个绿瓦盆，私下里咕噜着为这筵席所发生的难题。

赵妈走到外院传话，听到陈升很不高兴地在问三个挑夫要多少酒钱。

“瞅着给罢。”一个说。

“怪热天多赏点吧。”又一个抿了抿干燥的口唇，想到方才胡同口的酸梅汤摊子，嘴里觉着渴。

就是这嘴里渴得难受，杨三把卢三爷拉到东安内场西门口，心想方才在那个“喜什么堂”门首，明明看到王康坐在洋车脚蹬上睡午觉。王康上月底欠了杨三十四吊钱，到现在仍不肯还；只顾着躲他。今天债主遇到赊债的赌鬼，心头起了各种的计算——杨三到饿的时候，脾气常常要比平时坏一点。天本来就太热，太阳简直是冒火，谁又受得了！方才二爷坐在车上，尽管用劲踩铃，金鱼胡同走道的学生们又多，你撞我闯的，挤得真可以的。杨三擦了汗一手抓住车把，拉了空车转回头去找王康要账。

“要不着八吊要六吊，再要不着，要他 × 的几个混蛋嘴巴！”杨三脖干儿上太阳烫得像火烧。“四吊多钱我买点羊肉，吃一顿好的。葱花烙饼也不坏——谁又说大热天不能喝酒？喝点又怕什么——睡得更香。卢二爷到市场吃饭，进去少不了好几个钟头……”

喜燕堂门口挂着彩，几个乐队里人穿着红色制服，坐在门口喝茶——他们把大铜鼓撂在一旁，铜喇叭夹在两膝中间。杨三知道这又是哪一家办喜事。反正一礼拜短不了有两天好日子，就在这喜燕堂，哪一个礼拜没有一辆花马车，里面搀出花溜溜的新娘？今天的花车还停在一旁……

“王康，可不是他！”杨三看到王康在小挑子的担里买香瓜吃。

“有钱的娶媳妇，和咱们没有钱的娶媳妇，还不是一样？花多少钱娶了她，她也短不了要这个那个的——这年头！好媳妇，好！你瞧怎么着？更惹不起！管你要钱，气你喝酒！再有了孩子，又得顾他们吃，顾他们穿。……”

王康说话就是要“逗个乐儿”，人家不敢说的话他敢说：一群车夫听到他的话，个个高兴地凑点尾声。李荣手里捧着大饼，用着他最现成的粗话引着那几个年轻的笑。李荣从前是拉过家车的——可惜东家回南，把事情就搁下来了——他认得字，会看报，他会用新名词来发议论：“文明结婚可不同了，这年头是最讲‘自由’‘平等’的了。”底下再引用了小报上捡来离婚的新闻打哈哈。

杨三没有娶过媳妇，他想娶，可是“老家儿”早过去了没有给他定下亲，外面瞎姘的他没敢要。前两天，棚铺的掌柜娘要同他做媒；提起了一个姑娘说是什么都不错，这几天不知道怎么又没有讯儿了。今天洋车夫们说笑的话，杨三听了感着不痛快。看看王康的脸在太阳里笑得皱成一团，更使他气起来。

王康仍然笑着说话，没有看到杨三，手里咬剩的半个香瓜里面，黄黄的一把瓜子像不整齐的牙齿向着上面。

“老康！这些日子都到哪里去了？我这儿还等着钱吃饭呢！”杨三乘着一股劲发作。

听到声，王康怔了向后看，“呵，这打哪儿说得呢？”他开始赖账了，“你要吃饭，你打你 × 的自己腰包里掏！要不然，你出个份子，进去那里边，”他手指着喜燕堂，“吃个现成的席去。”王康的嘴说得滑了，禁不住这样嘲笑着杨三。

周围的人也都跟着笑起来。

本来准备着对付赖账的巴掌，立刻打到王康的老脸上了。必须地扭打，由蓝布幕的小摊边开始，一直扩张到停洋车的地方。来往汽车的喇叭，像被打的狗，呜呜叫号。好几辆正在街心奔驰的洋车都停住了，流汗车夫连喊着“靠里！”，“瞧车！”，脾气暴的人顺口就是：“他 × 的，这大热天，单挑这么个地方！”

巡警离开了岗位；小孩子们围上来；喝茶的军乐队人员全站起来看；女人们吓得直喊，“了不得，前面出事了罢！”

杨三提高嗓子在嚷着问王康：“十四吊钱，是你——是你拿走了不是？”

呼喊的声浪由扭打的两人出发，膨胀，膨胀到周围各种人的口里：“你听我说……”

“把他们拉开……”

“这样挡着路……瞧腿要紧。”

嘈杂声中还有人叉着手远远地喊，“打得好呀，好拳头！”

喜燕堂正厅里挂着金喜字红幛，几对喜联，新娘正在服从号令，连连地深深地鞠躬。外边的喧吵使周围客人的头同时向外面转，似乎打听外面喧吵的缘故。新娘本来就是一阵阵地心跳，此刻更加失掉了均衡；一下子撞上，一下子沉下，手里抱着的鲜花随着只是打颤。雷响深入她耳朵里，心房里……

“新郎新娘——三鞠躬——……三鞠躬。”阿淑在迷惘里弯腰伸直，伸直弯腰。昨晚上她哭，她妈也哭，将一串经验上得来的教训，拿出来赠给她——什么对老人要忍耐点，对小的要和气，什么事都要让着点——好像生活就是靠容忍和让步支持着！

她焦心的不是在公婆妯娌间的委曲求全。这几年对婚姻问题谁都讨论得热闹，她就不懂那些讨论的道理遇到实际时怎么就不发生关系。她这结婚的实际，并没有因为她多留心报纸上，新文学上，所讨论的婚姻问题，家庭问题，恋爱问题，而减少了问题。

“二十五岁了……”有人问到阿淑的岁数时，她妈总是发愁似的轻轻地回答那问她的人，底下说不清是叹息是啰嗦。

在这旧式家庭里，阿淑算是已经超出应该结婚的年龄很多了，她知道，父母那急着要她出嫁的神情使她太难堪！他们天天在替她选择合适的人家——其实哪里是选择！反对她尽管反对，那只是消极的无可奈何的抵抗，她自己明知道是绝对没有机会选择，乃至于接触比较合适，理想的人物！她挣扎了三年，三年的时间不算短，在她父亲看去那更是不可信的长久……

“余家又托人来提了，你和阿淑商量商量吧，我这身体眼见得更糟，这潮湿天……”父亲的话常常说得很响，故意要她听得见，有时在饭桌上脾气或许更坏一点。“这六十块钱，养活这一大家子！养儿养女都不够，还要捐什么钱？干脆饿死！”有时更直接更难堪：“这又是谁的新褂子？阿淑，你别学时髦穿了到处走，那是找不着婆婆家的——外面瞎认识什么朋友我可不答应，我们不是那种人家！”……懦弱的母亲低着头装作缝衣：“妈劝你将就点……爹身体近来不好，……女儿不能在娘家一辈子的……这家子不算坏；差事不错，前妻没有孩子不能算填房……”

理论和实际似乎永不发生关系；理论说婚姻得怎样又怎样，今天阿淑都记不得那许多了。实际呢，只要她点一次头，让一个陌生的，异姓的，异性的人坐在她家里，乃至于她旁边，吃一顿饭的手续，父亲和母亲这两三年——兴许已是五六年来的——难题便突然地在他们是觉得极文明地解决了。

对于阿淑这订婚的疑惧，常使她父亲像小孩子似的自己安慰自己：阿淑这门亲事真是运气呀，说时总希望阿淑听见这话。不知怎样，阿淑听到这话总很可怜父亲，想装出高兴样子来安慰他。母亲更可怜；自从阿淑订婚以来总似乎对她抱歉，常常哑着嗓子说：“看我做母亲的这份心上面。”

看做母亲的那份心上面！那天她初次见到那陌生的，异姓的异性的人，那个庸俗的典型触碎她那一点脆弱的爱美的希望，她怔住了，能去寻死，为婚姻失望而自杀么？可以大胆告诉父亲，这婚约是不可能的么？能逃脱这家庭的苛刑（在爱的招牌下的）去冒险，去漂落么？

她没有勇气说什么，她哭了一会儿，妈也流了眼泪，后来妈说：阿淑你这几天瘦了，别哭了，做娘的也只是一份心。……现在一鞠躬，一鞠躬地和幸福作别，事情已经太晚得没有办法了。

吵闹的声浪愈加明显了一阵，伴娘为新娘戴上戒指，又由赞礼的喊了一些命令。

迷离中阿淑开始幻想那外面吵闹的原因：洋车夫打电车吧，汽车轧伤了人吧，学生又请愿，当局派军警弹压吧……但是阿淑想怎么我还如是焦急，现在我该像死人一样了，生活的波澜该沾不上我了，像已经临刑的人。但临刑也好，被迫结婚也好，在电影里到了这种无可奈何的时候总有个意料不到快慰人心的解脱，不合法，特赦，恋人骑着马星夜奔波地赶到……但谁是她的恋人？除却九哥！学政治法律，讲究新思想的九哥，得着他表妹阿淑结婚的消息不知怎样？他恨由父母把持的婚姻……但谁知道他关心么？他们多少年不来往了，虽然在山东住的时候，他们曾经邻居，两小无猜地整天在一起玩。幻想是不中用的，九哥先就不在北平，两年前他回来过一次，她记得自己遇到九哥扶着一位漂亮的女同学在书店前边，她躲过了九哥的视线，

惭愧自己一身不入时的装束，她不愿和九哥的女友做个太难堪的比较。

感到手酸，心酸，浑身打颤，阿淑由一堆人拥簇着退到里面房间休息。女客们在新娘前后彼此寒暄招呼，彼此注意大家的装扮。有几个很不客气在批评新娘子，显然认为不满意。“新娘太单薄点。”一个摺着十几层下颏的胖女人，摇着扇和旁边的六姨说话。阿淑觉到她自己真可以立刻碰得粉碎；这位胖太太像一座石臼，六姨则像一根铁杵横在前面，阿淑两手发抖拉紧了一块丝巾，听老妈在她头上不住地搬弄那几朵绒花。

随着花露水香味进屋子来的，是锡娇和丽丽，六姨的两个女儿，她们的装扮已经招了许多羡慕的眼光。有电影明星细眉的锡娇抓把瓜子嗑着，猩红的嘴唇里露出雪白的牙齿。她暗中扯了她妹妹的衣襟，嘴向一个客人的侧面努了一下。丽丽立刻笑红了脸，拿出一条丝绸手绢蒙住嘴挤出人堆到廊上走。望着已经在席上的男客们。有几个已经提起筷子高高兴兴地在选择肥美的鸡肉，一面讲着笑话，顿时都为着丽丽的笑声，转过脸来，镇住眼看她。丽丽扭一下腰，又摆了一下，软的长衫轻轻展开，露出裹着肉色丝袜的长腿走过另一边去。

年轻的茶房穿着蓝布大褂，肩搭一块桌布，由厨房里出来。两只手拿四碟冷荤，几乎撞住丽丽。闻到花露香味，茶房忘却顾忌地斜过眼看。昨晚他上菜的时候，那唱戏的云娟坐在首席曾对着他笑，两只水钻耳坠，打秋千似的左右晃。他最忘不了云娟旁座的张四爷，抓住她如玉的手臂劝干杯的情形。笑眯眯的带醉的眼，云娟明明是向着正端着大碗三鲜汤的他笑。他记得放平了大碗，心还怦怦地跳。直到晚上他睡不着，躺在院里板凳上乘凉，随口唱几声“孤王……酒醉……”才算松动了些。今天又是这么一个笑嘻嘻的小姐，穿着这一身软，茶房垂下头去拿酒壶，心底似乎恨谁似的一股气。

“逸九你喝一杯什么？”老卢做东这样问。

“我来一杯香桃冰淇凌吧。”

“你去拣几块好点心，老孟。”主人又招呼那一个客。午饭问题算是如此解决了。为着天热，又为着起得太晚，老卢看到点心铺前面挂的“卫生冰淇凌，咖啡，牛乳，各样点心”这种动人的招牌，便决意里面去消磨时光。约到逸九和老孟来聊天，老卢显然很满意了。

三个人之中，逸九最年少，最摩登。在中学时代就是一口英文，屋子里挂着不是“梨娜”就是“琴妮”的相片，从电影杂志里细心剪下来的，圆一张，方一张，满壁动人的娇憨——他到上海去了两年，跳舞更是出色了，老卢端详着自己的脚，打算找逸九带他到舞场拜老师去。

“哪个电影好，今天下午？”老孟抓一张报纸看。

邻座上两个情人模样男女，对面坐着呆看。男人有很温和的脸，抽着烟没有说话；女人的侧相则颇有动人的轮廓，睫毛长长的活动着，脸上时时浮微笑。她的青纱长衫罩着丰润的肩臂；带着神秘性的淡雅。两人无声地吃着冰淇凌，似乎对于一切完全的满足。

老卢、老孟谈着时局，老卢既是机关人员，时常免不了说“我又有个特别的消息，这样看来里面还有原因”，于是一层一层地做更详细原因的检讨，深深地浸入政治波澜里面。

逸九看着女人的睫毛，和浮起的笑涡，想到好几年前同在假山后捉迷藏的琼两条发辫，一个垂前，一个垂后地跳跃。琼已经死了这六七年，谁也没有再提起过她，今天这青长衫的女人，单单叫他心底涌起琼的影子。不可思议的，淡淡的，记忆描着活泼的琼。在极旧式的家庭里淘气，二舅舅提根旱烟管，厉声地出来停止她各种的嬉戏。但是琼只是敛住声音低低地笑。雨下大了，院中满是水，又是琼胆子大，把裤腿卷过膝盖，赤着脚，到水里装摸鱼。不小心她滑倒了，还是逸九去把她抱回来。和琼差不多大小的还有阿淑，住在对门，他们时常在一起玩，逸九忽然记起瘦小，不爱说话的阿淑来。

“听说阿淑快要结婚了，嬷嘱咐到表姨家问候，不知道阿淑要嫁给谁！”他似乎怕到表姨家。这几年的生疏叫他为难，前年他们遇见一次，装束不入时的阿淑倒有种特有的美，一种灵性……奇怪今天这青长衫女人为什么叫他想起这许多……

“逸九，你有相当的聪明，手腕，你又能巴结女人，你也应该来试试，我介绍你见老王。”

倦了的逸九忽然感到苦闷。

老卢手弹着桌边表示不高兴：“老孟你少说话，逸九这位大少爷说不定他倒愿意去演电影呢！”种种都有一点落伍的老卢嘲笑着翩翩年少的朋友出气。

青纱长衫的女人和她朋友吃完了，站了起来。男的手托着女人的臂腕，无声地绕过他们三人的茶桌前面，走出门去。老卢逸九注意到女人有秀美的腿，稳健的步履。两人的融洽，在不言不语中流露出来。

“他们是甜心！”

“愿有情人都成眷属。”

“这女人算好看不？”

三个人同时说出口来，个个有所感触。

午后的热，由窗口外嘘进来，三个朋友吃下许多清凉的东西不知做什么好。

“电影院去，咱们去研究一回什么‘人生问题’‘社会问题’吧？”逸九望着桌上的空杯，催促着卢、孟两个走。心里仍然浮着琼的影子。活泼、美丽、健硕，全幻灭在死的幕后，时间一样的向前，计量着死的实在。像今天这样，偶尔地回忆就算是证实琼有过活泼生命的唯一的证据。

东安市场门口洋车像放大的蚂蚁一串，头尾衔接着放在街沿。杨三已不在他寻常停车的地方。

“区里去，好，区里去！咱们到区里说个理去！”就是这样，王康和杨三到底结束了殴打，被两个巡警弹压下来。

刘太太打着油纸伞，端正地坐在洋车上，想金裁缝太不小心了，今天这件绸衫下摆仍然不合适，领也太小，紧得透不了气，想不到今天这样热，早知道还不如穿纱的去。裁缝赶做的活总要出点毛病。实甫现在脾气更坏一点，老嫌女人们麻烦。每次有个应酬你总要听他说一顿的。今天张老太太做整寿，又不比得寻常的场面可以随便……

对面来了浅蓝色衣服的年轻小姐，极时髦的装束使刘太太睁大了眼注意了。

“刘太太哪里去？”蓝衣小姐笑了笑，远远招呼她一声过去了。

“人家的衣服怎么如此合适！”刘太太不耐烦地举着花纸伞。

“呜呜——呜呜……”汽车的喇叭响得震耳。

“打住。”洋车夫紧抓车把，缩住车身前冲的趋势。汽车过去后，由刘太太车旁走出一个巡警，带着两个粗人：一根白绳由一个的臂膀系到另一个的臂上。巡警执着绳端，板着脸走着。一个粗人显然是车夫；手里仍然拉着空车，嘴里咕噜着。很讲究的车身，各件白铜都擦得放亮，后面铜牌上还镌着“卢”字。这又是谁家的车夫，闹出事让巡警拉走。刘太太恨恨地一想车夫们爱肇事的可恶，反正他们到区里去少不了东家设法把他们保出来的……

“靠里！……靠里！”威风的刘家车夫是不耐烦挤在别人车后的——老爷是局长，太太此刻出去阔绰的应酬，洋车又是新打的，两盏灯发出银光……哗啦一下，靠手板在另一个车边擦一下，车已猛冲到前头走了。刘太太的花油纸伞在日光中摇摇荡荡地迎着风，顺着街心溜向北去。

胡同口酸梅汤摊边刚走开了三个挑夫。酸凉的一杯水，短时间地给他们愉快，六只泥泞的脚仍然踏着滚烫的马路行去。卖酸梅汤的老头儿手里正在数着几十枚铜元，一把小鸡毛帚夹在腋下。他翻上两颗黯淡的眼珠，看看过去的花纸伞，知道这是到张家去的客人。他想今天为着张家做寿，客人多，他们的车夫少不得来摊上喝点凉的解渴。

“两吊……三吊！……”他动着他的手指，把一叠铜元收入摊边美人牌香烟的纸盒中。不知道今天这冰够不够使用的，他翻开几重荷叶，和一块灰黑色的破布，仍然用着他黯淡的眼珠向磁缸里的冰块端详了一会儿。“天不热，喝的人少，天热了，冰又化的太快！”事情哪一件不有为难的地方，他叹口气再翻眼看看过去的汽车。汽车轧起一阵尘土，笼罩着老人和他的摊子。

寒暑表中的水银从早起上升，一直过了九十五度的黑线上。喜棚底下比较荫凉的一片地面上曾聚过各种各色的人物。丁大夫也是其间一个。

丁大夫是张老太太内侄孙，德国学医刚回来不久，麻利，漂亮，现在社会上已经有了声望，和他同席的都借着他是医生的缘故，拿北平市卫生问题做谈料，什么鼠疫，伤寒，预防针，微菌，全在吞咽八宝冬瓜，瓦块鱼，锅贴鸡，炒虾仁中间讨论过。

“贵医院有预防针，是好极了。我们过几天要来麻烦请教了。”说话的以为如果微菌听到他有打预防针的决心也皆气馁了。

“欢迎，欢迎。”

厨房送上一碗凉菜。丁大夫踌躇之后决意放弃吃这碗菜的权利。

小孩们都抢了盘子边上放的小冰块，含到嘴里嚼着玩，其他客喜欢这凉菜的也就不少。天实在热！

张家几位少奶奶装扮得非常得体，头上都戴朵红花，表示对旧礼教习尚仍然相当遵守的。在院子中盘旋着做主人，各人心里都明白自己今天的体面。好几个星期前就顾虑到的今天，她们所理想到的今天各种成功，已然顺序的，在眼前实现。虽然为着这重要的今天，各人都轮流着觉得受过委屈；生过气；用过心思和手腕；将就过许多不如意的细节。

老太太颤巍巍地喘息着，继续维持着她的寿命。杂乱模糊的回忆在脑子里浮沉。兰兰七岁的那年……送阿旭到上海医病的那年真热……生四宝的时候在湖南，于是生育，病痛，兵乱，行旅，婚娶，没秩序，没规则地纷纷在她记忆下掀动。

“我给老太太拜寿，您给回一声吧。”

这又是谁的声音？这样大！老太太睁开打瞌睡的眼，看一个浓

装的妇人对她鞠躬问好。刘太太——谁又是刘太太，真是的！今天客人太多了，好吃劲。老太太扶着赵妈站起来还礼。

“别客气了，外边坐吧。”二少奶伴着客人出去。

谁又是这刘太太……谁？……老太太模模糊糊地又做了一些猜想，望着门槛又堕入各种的回忆里去。

坐在门槛上的小丫头寿儿，看着院里石榴花出神。她巴不得酒席可以快点开完，底下人们可以吃中饭，她肚子里实在饿得慌。一早眼睛所接触的，大部分几乎全是可口的食品，但是她仍然是饿着肚子，坐在老太太门槛上等候呼唤。她极想再到前院去看看热闹，但为想到上次被打的情形，只得竭力忍耐。在饥饿中，有一桩事她仍然没有忘掉她的高兴。因为老太太的整寿大少奶给她一副银镯。虽然为着捶背而酸乏的手臂懒得转动，她仍不时得意地举起手来，晃摇着她的新镯子。

午后的太阳斜到东廊上，后院子暂时沉睡在静寂中。幼兰在书房里和羽哭着闹脾气：

“你们都欺侮我，上次赛球我就没有去看。为什么要去？反正人家也不欢迎我……慧石不肯说，可是我知道你和阿玲在一起玩得上劲。”抽噎的声音微微地由廊上传来。

“等会儿客人进来了不好看……别哭……你听我说……绝对没有这么回事的。咱们是亲表谁不知道我们亲热，你是我的兰，永远，永远的是我的最爱最爱的……你信我……”

“你在哄骗我，我……我永远不会再信你的了……”

“你又来伤我，你心狠……”

声音微下去，也和缓了许多，又过了一些时候。才有轻轻的笑语声。小丫头仍然饿得慌，仍然坐在门槛上没有敢动，她听着小外孙小姐和羽孙少爷老是吵嘴，哭哭啼啼的，她不懂。一会儿他们又笑着一块儿由书房里出来。

“我到婆婆的里间洗个脸去。寿儿你给我打盆洗脸水去。”

寿儿得着打水的命令，高兴地站起来。什么事也比坐着等老太太睡醒都好一点。

“别忘了晚饭等我一桌吃。”羽说完大步地跑出去。

后院顿时又堕入闷热的静寂里；柳条的影子画上粉墙，太阳的红比得胭脂。墙外天蓝蓝的没有一片云，像戏台上的布景。隐隐地送来小贩子叫卖的声音——卖西瓜的——卖凉席的，一阵一阵。

挑夫提起力气喊他孩子找他媳妇。天快要黑下来，媳妇还坐在门口纳鞋底子；赶着那一点天亮再做完一只。一个月她当家的要穿两双鞋子，有时还不够的，方才当家的回家来说不舒服，睡倒在炕上，这半天也没有醒。她放下鞋底又走到旁边一家小铺里买点生姜，说几句话儿。

继续着呻吟，挑夫开始感到苦痛，不该喝那冰凉东西，早知道这大暑天，还不如喝口热茶！迷惘中他看到茶碗，茶缸，施茶的人家，碗，碟，果子杂乱地绕着大圆篓，他又像看到张家的厨房。不到一刻他肚子里像纠麻绳一般痛，发狂地呕吐使他沉入严重的症候里和死搏斗。

挑夫媳妇失了主意，喊孩子出去到药铺求点药。那边时常夏天是施暑药的……

邻居积渐知道挑夫家里出了事，看过报纸的说许是霍乱，要扎针的。张秃子认得大街东头的西医丁家，他披上小褂子，一边扣钮子，一边跑。丁大夫的门牌挂高高的，新漆大门两扇紧闭着。张秃子找着电铃死命地按，又在门缝里张望了好一会儿，才有人出来开门。什么事？什么事？门房望着张秃子生气，张秃子看着丁宅的门房说，“劳驾——劳驾您大爷，我们‘街坊’李挑子中了暑，托我来行点药。”

“丁大夫和管药房先生‘出份子去了’没有在家，这里也没有旁人，这事谁又懂得？！”门房吞吞吐吐地说，“还是到对门益年堂打听吧。”大门已经差不多关上。

张秃子又跑了，跑到益年堂，听说一个孩子拿了暑药已经走了。张秃子是信教的，他相信外国医院的药，他又跑到那边医院里打听，等了半天，说那里不是施医院，并且也不收传染病的，医生晚上也都回家了，助手没有得上边话不能随便走开的。

“最好快报告区里，找卫生局里人。”管事的告诉他，但是卫生局又在哪里……

到张秃子失望地走回自己院子里的时候，天已经黑了下来，他听见李大嫂的哭声知道事情不行了。院里磁罐子里还放出浓馥的药味。他顿一下脚，“咱们这命苦的……”他已在想如何去捐募点钱，收殓他朋友的尸体。叫孝子挨家去磕头吧！

天黑了下来张宅跨院里更热闹，水月灯底下围着许多孩子，看变戏法的由袍子里捧出一大缸金鱼，一盘子“王母蟠桃”献到老太太面前。孩子们都凑上去验看金鱼的真假。老太太高兴地笑。

大爷熟识捧场过的名伶自动地要送戏，正院前边搭着戏台，当差的忙着拦阻外面杂人往里挤，大爷由上海回来，两年中还是第一次——这次碍着母亲整寿的面，不回来太难为情。这几天行市不稳定，工人们听说很活动，本来就不放心走开，并且厂里的老赵靠不住，大爷最记挂……

看到院里戏台上正开场，又看廊上的灯，听听厢房各处传来的牌声；风扇声并汽水声，大爷知道一切都圆满地进行，明天事完了，他就可以走了。

“伯伯上哪儿去？”游廊对面走出一个清秀的女孩。他怔住了看，慧石——是他兄弟的女儿，已经长的这么大了？大爷伤感着，看他早死兄弟的遗腹女儿：她长得实在像她爸爸……实在像她爸爸……

“慧石，是你。长得这样俊，伯伯快认不得了。”

慧石只是笑，笑。大伯伯还会说笑话，她觉得太料想不到的事，同时她像被电击一样，触到伯伯眼里蕴住的怜爱，一股心酸抓紧了她的嗓子。

她仍只是笑。

“哪一年毕业？”大伯伯问她。

"明年。"

"毕业了到伯伯那里住。"

"好极了。"

"喜欢上海不？"

她摇摇头："没有北平好。可是可以找事做，倒不错。"

伯伯走了，容易伤感的慧石急忙回到卧室里，想哭一哭，但眼睛湿了几回，也就不哭了，又在镜子前抹点粉笑了笑；她喜欢伯伯对她那和蔼态度。嬷常常不满伯伯和伯母，常说些他们不高兴的话，但她自己却总觉得喜欢这伯伯的。

也许是骨肉关系有种不可思议的亲热，也许是因为感激知己的心，慧石知道她更喜欢她这伯伯了。

厢房里电话铃响。

"丁宅呀，找了大夫说话？等一等。"

丁大夫的手气不坏，刚和了一牌三翻，他得意地站起来接电话：

"知道了，知道了，回头就去叫他派车到张宅来接。什么？要暑药的？发痧中暑？叫他到平济医院去吧。"

"天实在热，今天，中暑的一定不少。"五少奶坐在牌桌上抽烟，等丁大夫打电话回来。"下午两点的时候刚刚九十九度啦！"她睁大了眼表示严重。

"往年没有这么热，九十九度的天气在北平真可以的了。"一个客人摇了摇檀香扇，急着想做庄。

咯突二声，丁大夫将电话挂上。

报馆到这时候积渐热闹，排字工人流着汗在机器房里忙着。编辑坐到公事桌上面批阅新闻。本市新闻由各区里送到；编辑略略将张宅名伶送戏一节细细看了看，想到方才同太太在市场吃冰淇凌后，遇到街上的打架，又看看那段斯打的新闻，于是很自然地写着“西四牌楼三条胡同卢宅车夫杨三……”新闻里将杨三王康的争斗形容得非常动听，一直到了“扭区成讼”。

再看一些零碎，他不禁注意到挑夫霍乱数小时毙命一节，感到白天去吃冰淇凌是件不聪明的事。

杨三在热臭的拘留所里发悉，想着主人应该得到他出事的消息了，怎么还没有设法来保他出去。王康则在又一间房子里喂臭虫，苟且地睡觉。

“……哪儿呀，我卢宅呀，请王先生说话，……”老卢为着洋车被扣已经打了好几个电话了，在晚饭桌他听着太太的埋怨……那杨三真是太没有样子，准是又喝醉了，三天两回闹事。

“……对啦，找王先生有要紧事，出去饭局了么，回头请他给卢宅来个电话！别忘了！”

这大热晚上难道闷在家里听太太埋怨？杨三又没有回来，还得出去雇车，老卢不耐烦地躺在床上看报，一手抓起一把蒲扇赶开蚊子。

钟　绿[1]

钟绿是我记忆中第一个美人，因为一个人一生见不到几个真正负得起“美人”这称呼的人物，所以我对于钟绿的记忆，珍惜得如同他人私藏一张名画轻易不拿出来给人看，我也就轻易的不和人家讲她。除非是一时什么高兴，使我大胆地，兴奋地，告诉一个朋友，我如何如何的曾经一次看到真正的美人。

很小的时候，我常听到一些红颜薄命的故事，老早就印下这种迷信，好像美人一生总是不幸的居多。尤其是，最初叫我知道世界上有所谓美人的，就是一个身世极凄凉的年轻女子。她是我家亲戚，家中传统地认为一个最美的人。虽然她已死了多少年，说起她来，大家总还带着那种感慨，也只有一个美人死后能使人起的那样感慨。说起她，大家总都有一些美感的回忆。我婶娘常记起的是祖母出殡那天，这人穿着白衫来送殡。因为她是个已出嫁过的女子——其实她那时已孀居一年多——照我们乡例，头上缠着白头帕。试想一个静好如花的脸；一个长长窈窕的身材；一身的缟素；借着人家伤痛的丧礼来哭她自己可怜的身世，怎不是一幅绝妙的图画！婶娘说起她时，却还不忘掉提到她的走路如何的有种特有丰神，哭时又如何的辛酸凄惋动人。我那时因为过小，记不起送殡那天看到这素服美人，事后为此不知惆怅了多少回。每当大家晚上闲坐谈到这个人儿时，总害了我竭尽想象

1. 原载1935年6月16日《大公报·文艺副刊》第156期。

力，冥想到了夜深。

也许就是因为关于她，我实在记得不太清楚，仅凭一家人时时的传说，所以这个亲戚美人之为美人，也从未曾在我心里疑问过。过了一些年月，积渐地，我没有小时候那般理想，事事都有一把怀疑，沙似的挟在里面。我总爱说：绝代佳人，世界上不时总应该有一两个，但是我自己亲眼却没有看见过就是了。这句话直到我遇见了钟绿之后才算是取消了，换了一句：我觉得侥幸，一生中没有疑问地，真正地，见到一个美人。

我到美国 ×× 城进入 ×× 大学时，钟绿已是离开那学校的旧学生，不过在校里不到一个月的工夫，我就常听到“钟绿”这名字，老学生中间，每一提到校里旧事，总要联想到她。无疑的，她是他们中间最受崇拜的人物。

关于钟绿的体面和她的为人及家世也有不少的神话。一个同学告诉我，钟绿家里本来如何的富有，又一个告诉我，她的父亲是个如何漂亮的军官，哪一年死去的，又一个告诉我，钟绿多么好看，脾气又如何和人家不同。因为着恋爱，又有人告诉我，她和母亲决绝了，自己独立出来艰苦的半工半读，多处流落，却总是那么傲慢、潇洒，穿着得那么漂亮动人。有人还说钟绿母亲是希腊人，是个音乐家，也长得非常好看，她常住在法国及意大利，所以钟绿能通好几国文字。常常的，更有人和我讲了为着恋爱钟绿，几乎到发狂的许多青年的故事。总而言之，关于钟绿的事我实在听得多了，不过当时我听着也只觉到平常，并不十分起劲。

故事中仅有两桩，我却记得非常清楚，深入印象，此后不自觉地便对于钟绿动了好奇心。

一桩是同系中最标致的女同学讲的。她说那一年学校开个盛大艺术的古装表演，中间要用八个女子穿中世纪的尼姑服装。她是监制部的总管，每件衣裳由图案部发出，全由她找人比着裁剪，做好后再找人试服。有一晚，她出去晚饭回来稍迟，到了制衣室门口遇见一个制衣部里人告诉她说，许多衣裳做好正找人试着时，可巧电灯坏了，大家正在到处找来洋蜡点上。

“你猜，”她接着说，“我推开门时看到了什么？……”

她喘口气望着大家笑（听故事的人那时已不止我一个），“你想，你想一间屋子里，高高低低地点了好几根蜡烛；各处射着影子；当中一张桌子上面，默默地，立着那么一个钟绿——美到令人不敢相信的中世纪小尼姑，眼微微地垂下，手中高高擎起一枝点亮的长烛。简单静穆，直像一张宗教画！拉着门环，我半天肃然，说不出一句话来！……等到人家笑声震醒我时，我已经记下这个一辈子忘不了的印象。”

自从听了这桩故事之后，钟绿在我心里便也开始有了根据，每次再听到钟绿的名字时，我脑子里便浮起一张图画。隐隐约约地，看到那个古代年轻的尼姑，微微地垂下眼，擎着一枝蜡走过。

第二次，我又得到一个对钟绿依稀想象的背影，是由于一个男同学讲的故事里来的。这个脸色清癯的同学平常不爱说话，是个忧郁深思的少年——听说那个为着恋爱钟绿，到南非洲去旅行不再回来的同学，就是他的同房好朋友。有一天雨下得很大，我与他同在画室里工作，天已经积渐地黑下来，虽然还不到点灯的时候，我收拾好东西坐在窗下看雨，忽然听他“真奇怪，一到下大雨，我总想起钟绿！”“为什么呢？”我倒有点好奇了。

“因为前年有一次大雨，”他也走到窗边，坐下来望着窗外，“比今天这雨大多了。”他自言自语地眯上眼睛，“天黑得可怕，许多人全在楼上画图，只有我和勃森站在楼下前门口檐底下抽烟。街上一个人没有，树让雨打得像囚犯一样，低头摇曳。一种说不出来的黯淡和寂寞笼罩着整条没生意的街道，和街道旁边不做声的一切。忽然间，我听到背后门环响，门开了，一个人由我身边溜过，一直走下了台阶冲入大雨中去！……那是钟绿……

“我认得是钟绿的背影，那样修长灵活，虽然她用了一块折成三角形的绸巾蒙在她头上，一只手在项下抓紧了那绸巾的前面两角，像个俄国村姑的打扮。勃森说钟绿疯了，我也忍不住要喊她回来。‘钟绿你回来听我说！’我好像求她那样恳切，听到声，她居然在雨里回过头来望一望，看见是我，她仰着脸微微一笑，露出一排贝壳似的牙齿。”朋友说时回过头对我笑了一笑，“你真想不到世上真有她那样美的人！不管谁说什么，我总忘不了在那狂风暴雨中，她那样扭头一笑，村姑似的包着三角的头巾。”

这张图画有力地穿过我的意识，我望望雨又望望黑影笼罩的画室。朋友叉着手，正经地又说：

“我就喜欢钟绿的一种纯朴，城市中的味道在她身上总那样的不沾着她本身的天真！那一天，我那个热情的同房朋友在楼窗上也发现了钟绿在雨里，像顽皮的村姑，没有笼头的野马，便用劲地喊。钟绿听到，俯下身子一闪，立刻就跑了。上边劈空的雷电，四围纷披的狂雨，一会儿工夫她就消失在那水雾迷漫之中了……”

“奇怪，”他叹口气，“我总老记着这桩事，钟绿在大风雨里似乎是个很自然的回忆。”

听完这段插话之后，我的想象中就又加了另一个隐约的钟绿。

半年过去了，这半年中这个清癯的朋友和我比较的熟起，时常轻声地来告诉我关于钟绿的消息。她是辗转地由一个城到另一个城，经验不断地跟在她脚边，命运好似总不和她合作，许多事情都不畅意。

秋天的时候，有一天我这朋友拿来两封钟绿的来信给我看，笔迹秀劲流丽如见其人，我留下信细读觉到它很有意思。那时我正初次的在夏假中觅工，几次在市城熙熙攘攘中长了见识，更是非常地同情于这流浪的钟绿。

“所谓工业艺术你可曾领教过？”她信里发出嘲笑，“你从前常常苦心教我调颜色，一根一根地描出理想的线条，做什么，你知道么？……我想你决不能猜到两三星期以来，我和十几个本来都很活泼的女孩子，低下头都画一些什么，……你闭上眼睛，喘口气，让我告诉你！墙上的花纸，好朋友！你能相信么？一束一束的粉红玫瑰花由我们手中散下来，整朵的，半朵的——因为有人开了工厂专为制造这种的美丽！……

“不，不，为什么我要脸红？现在我们都是工业战争的斗士——（多美丽的战争！）——并且你知道，各人有各人不同的报酬；花纸厂的主人今年新买了两个别墅，我们前夜把晚饭减掉一点居然去听音乐了，多谢那一束一束的玫瑰花！……”

幽默地，幽默地她写下去那样顽皮的牢骚。又一封：

“……好了，这已经是秋天，谢谢上帝，人工的玫瑰也会凋零的。这回任何一束什么花，我也决意不再制造了，那种逼迫人家眼睛堕落的差事，需要我所没有的勇敢，我失败了，不知道在心里哪一部分也受点伤。……

“我到乡村里来了，这回是散布知识给村里朴实的人！××书局派我来揽买卖，儿童的书，常识大全，我简直带着‘知识’的样本到处走。那可爱的老太太却问我要最新烹调的书，工作到很瘦的妇人要城市生活的小说看——你知道那种穿着晚服去恋爱的城市浪漫！

“我夜里总找回一些矛盾的微笑回到屋里。乡间的老太太都是理想的母亲，我生平没有吃过更多的牛奶，睡过更软的鸭绒被，原来手里提着锄头的农人，都是这样母亲的温柔给培养出来的力量。我爱他们那简单的情绪和生活，好像日和夜，太阳和影子，农作和食睡，夫和妇，儿子和母亲，幸福和辛苦都那样均匀地放在天平的两头……

“这农村的妩媚，溪流树阴全合了我的意，你更想不到我屋后有个什么宝贝？一口井，老老实实旧式的一口井，早晚我都出去替老太大打水。真的，这样才是日子，虽然山边没有橄榄树，晚上也缺个织布的机抒，不然什么都回到我理想的以往里去……

“到井边去汲水，你懂得那滋味么？天呀，我的衣裙让风吹得松散，红叶在我头上飞旋，这是秋天，不瞎说，我到井边去汲水去。回来时你看着我把水罐子扛在肩上回来！”

看完信，我心里又来了一个古典的钟绿。

约略是三月的时候，我的朋友手里拿本书，到我桌边来，问我看过没有这本新出版的书，我由抽屉中也扯出一本叫他看。他笑了，说，你知道这个作者就是钟绿的情人。

我高兴地谢了他，我说，“现在我可明白了。”我又翻出书中几行给他看，他看了一遍，放下书默诵了一回，说：

“他是对的，他是对的，这个人实在很可爱，他们完全是了解的。”

此后又过了半个月光景。天气渐渐地暖起来，我晚上在屋子里读书老是开着窗子，窗前一片草地隔着对面远处城市的灯光车马。有个晚上，很夜深了，我觉到冷，刚刚把窗子关上，却听到窗外有人叫我：接着有人拿沙子抛到玻璃上，我赶忙起来一看，原来草地上立着那个清癯的朋友，旁边有个女人立在我的门前，朋友说："你能不能下来，我们有桩事托你。"

我蹑着脚下楼，开了门，在黑影模糊中听我朋友说："钟绿，钟绿她来到这里，太晚没有地方住，我想，或许你可以设法，明天一早她就要走的。"他又低声向我说："我知道你一定愿意认识她。"

这事真是来得非常突兀，听到了那么熟识，却又是那么神话的钟绿，竟然意外地立在我的前边，长长的身影穿着外衣，低低的半顶帽遮着半个脸，我什么也看不清楚。我伸手和她握手，告诉她在校里常听到她。她笑声地答应我说，希望她能使我失望，远不如朋友所讲的她那么坏！

在黑夜里，她的声音像银铃样，轻轻地摇着，末后宽柔温好，带点回响。她又转身谢谢那个朋友，率真地揽住他的肩膀说："百罗，你永远是那么可爱的一个人。"

她随了我上楼梯，我只觉到奇怪。钟绿在我心里始终成个古典人物，她的实际的存在在此时反觉得荒诞不可信。

我那时是个穷学生，和一个同学住一间不甚大的屋子，恰巧同房的那几天回家去了。我还记得那晚上我在她的书桌上，开了她那盏非常得意的浅黄色灯，还用了我们两人共用的大红浴衣铺在旁边大椅上，预备看书时盖在腿上当毯子享用。屋子的布置本来极简单，我们曾用尽苦心把它收拾得还有几分趣味：衣橱的前面我们用一大幅黑色带金线的旧锦挂上，上面悬着一副我朋友自己刻的金色美人面具，旁边靠墙放两架睡榻，罩着深黄的床幔和一些靠垫，两榻中间隔着一个薄纱的东方式屏风。窗前一边一张书桌，各人有个书架，几件心爱的小古董。

整个房子的神气还很舒适，颜色也带点古黯神秘。钟绿进房来，我就请她坐在我们唯一的大椅上，她把帽子外衣脱下，顺手把大红浴衣披在身上说："你真能让我独占这房里唯一的宝座么？"不知为什么，听到这话，我怔了一下，望着灯下披着红衣的她。看她里面本来穿的是一件古铜色衣裳，腰里一根很宽的铜质软带，一边臂上似乎套着两三副细窄的铜镯子，在那红色浴衣掩映之中，黑色古锦之前，我只觉到她由脸至踵有种神韵，一种名贵的气息和光彩，超出寻常所谓美貌或是漂亮。她的脸稍带椭圆，眉目清扬，有点儿南欧曼达娜的味道；眼睛清棕色，虽然甚大，却微微有点羞涩。她的头、脸、耳、鼻、口唇、前颈和两只手，则都像雕刻过的形体！每一面和她一面交接得那样清晰，又那样柔和，让光和影在上面活动着。

我的小铜壶里本来烧着茶，我便倒出一杯递给她。这回她却怔了说："真想不到这个时候有人给我茶喝，我这回真的走到中国了。"我笑了说："百罗告诉我你喜欢到井里汲水，好，我就喜欢泡茶。各人有她传统的嗜好，不容易改掉。"就在那时候，她的两唇微微地一抿，像朵花，由含苞到开放，毫无痕迹地轻轻地张开，露出那一排贝壳般的牙齿，我默默地在心里说，我这一生总可以说真正的见过一个称得起美人的人物了。

"你知道，"我说，"学校里谁都喜欢说起你，你在我心里简直是个神话人物，不，简直是古典人物；今天你的来，到现在我还信不过这事的实在性！"

她说："一生里事大半都好像做梦。这两年来我漂泊惯了，今天和明天的事多半是不相连续的多；本来现实本身就是一串不一定能连续而连续起来的荒诞。什么事我现在都能相信得过，尤其是此刻，夜这么晚，我把一个从来未曾遇见过的人的清静打断了，坐在她屋里，喝她几千里以外寄来的茶！”

那天晚上，她在我屋子里不止喝了我的茶，并且在我的书架上搬弄了我的书，我的许多相片，问了我一大堆的话，告诉我她有个朋友喜欢中国的诗——我知道那就是那青年作家，她的情人，可是我没有问她。她就在我屋子中间小小灯光下愉悦地活动着，一会儿立在洛阳造像的墨拓前默了一会儿，停一刻又走过，用手指柔和地，顺着那金色面具的轮廓上抹下来，她搬弄我桌上的唐陶俑和图章。又问我壁上铜剑的铭文。纯净的型和线似乎都在引逗起她的兴趣。

一会儿她倦了，无意中伸个懒腰，慢慢地将身上束的腰带解下，自然地，活泼地，一件一件将自己的衣服脱下，裸露出她雕刻般惊人的美丽。我看着她耐性地，细致地，解除臂上的铜镯，又用刷子刷她细柔的头发，来回地走到浴室里洗面又走出来。她的美当然不用讲，我惊讶的是她所有举动，全个体态，都是那样的有个性，奏着韵律。我心里想，自然舞蹈班中几个美体的同学，和我们人体画班中最得意的两个模特，明蒂和苏茜，她们的美实不过是些浅显的柔和及妍丽而已，同钟绿真无法比较得来。我忍不住兴趣地直爽地笑对钟绿说：

“钟绿你长得实在太美了，你自己知道么？”

她忽然转过来看了我一眼，好脾气地笑起来，坐到我床上。

“你知道你是个很古怪的小孩子么？”她伸手抚着我的头后（那时我的头是低着的，似乎倒有点难为情起来），“老实告诉你，当百罗告诉我，要我住在一个中国姑娘的房里时，我倒有些害怕，我想着不知道我们要谈多少孔夫子的道德，东方的政治；我怕我的行为或许会触犯你们谨严的佛教！”

这次她说完，却是我打个呵欠，倒在床上好笑。

她说：“你在这里原来住得还真自由。”

我问她是否指此刻我们不拘束的行动讲。我说那是因为时候到底是半夜了，房东太太在梦里也无从干涉，其实她才是个极宗教的信徒，我平日极平常的画稿，拿回家来还曾经惊着她的腼腆。男朋友从来只到过我楼梯底下的，就是在楼梯边上坐着，到了十点半，她也一定咳嗽的。

钟绿笑了说：“你的意思是从孔子庙到自由神中间并无多大距离！”

那时我睡在床上和她谈天，屋子里仅点一盏小灯。她被上睡衣，替我开了窗，才回到床上抱着膝盖抽烟，在一小闪光底下，她努着嘴喷出一个一个的烟圈，我又疑心我在做梦。

“我顶希望有一天到中国来，”她说，手里搬弄床前我的夹旗袍，“我还没有看见东方的莲花是什么样子。我顶爱坐帆船了。”

我说：“我和你约好了，过几年你来，挑个山茶花开遍了时节，我给你披上一件长袍，我一定请你坐我家乡里最浪漫的帆船。”

“如果是个月夜，我还可以替你弹一曲希腊的弦琴。”

“也许那时候你更愿意死在你的爱人怀里！如果你的他也来。”我逗着她。

她忽然很正经地却用最柔和的声音说：“我希望有这福气。”

就这样说笑着，我朦胧地睡去。

到天亮时，我觉得有人推我，睁开了眼，看她已经穿好了衣裳，收拾好皮包，俯身下来和我作别。

“再见了，好朋友，”她又淘气地抚着我的头，“就算你做个梦吧。现在你信不信昨夜答应过人，要请她坐帆船？”

可不就像一个梦，我眯着两只眼，问她为何起得这样早。她告诉我要赶六点十分的车到乡下去，约略一个月后，或许回来，那时一定再来看我。她不让我起来送她，无论如何要我答应她，等她一走就闭上眼睛再睡。

于是在天色微明中，我只再看到她歪着一顶帽子，倚在屏风旁边妩媚地一笑，便转身走出去了。一个月以后，她没有回来，其实等到一年半后，我离开 ×× 时，她也没有再来过这城的。我同她的友谊就仅仅限于那么一个短短的半夜，所以那天晚上是我第一次，也就是最末次，会见了钟绿。但是即使以后我没有再得到关于她的种种悲惨的消息，我也知道我是永远不能忘记她的。

那个晚上以后，我又得到她的消息时，约在半年以后，百罗告诉我说：“钟绿快要出嫁了。她这种的恋爱真能使人相信人生还有点意义，世界上还有一点美存在。这一对情人上礼拜堂去，的确要算上帝的荣耀。”

我好笑忧郁的百罗说这种话，却是私下里也的确相信钟绿披上长纱会是一个奇美的新娘。那时候我也很知道一点新郎的样子和脾气，并且由作品里我更知道他留给钟绿的情绪，私下里很觉到钟绿幸福。至于他们的结婚，我倒觉得很平凡；我不时叹息，想象到钟绿无条件地跟着自然规律走，慢慢地变成一个妻子，一个母亲，渐渐离开她现在的样子，变老，变丑，到了我们从她脸上，身上再也看不出她现在的雕刻般的奇迹来。

谁知道事情偏不这样的经过，钟绿的爱人竟在结婚的前一星期骤然死去，听说钟绿那时正在试着嫁衣，得着电话没有把衣服换下，便到医院里晕死过去在她未婚新郎的胸口上。当我得到这个消息时，钟绿已经到法国去了两个月，她的情人也已葬在他们本来要结婚的礼拜堂后面。

因为这消息，我却时常想起钟绿试装中世纪尼姑的故事，有点儿迷信预兆。美人自古薄命的话，更好像有了凭据。但是最使我感恸的消息，还在此后两年多。

当我回国以后，正在家乡游历的时候，我接到百罗一封长信，我真是没有想到钟绿竟死在一条帆船上。关于这一点，我始终疑心这个场面，多少有点钟绿自己的安排，并不见得完全出自偶然。那天晚上对着一江清流，茫茫暮霭，我独立在岸边山坡上，看无数小帆船顺风飘过，忍不住泪下如雨，坐下哭了。

我耳朵里似乎还听见钟绿银铃似的温柔的声音说："就算你做个梦，现在你信不信昨夜答应过请人坐帆船？"

吉　公[1]

二三十年前，每一个老派头旧家族的宅第里面，竟可以是一个缩小的社会；内中居住着种种色色的人物，他们错综的性格、兴趣和琐碎的活动，或属于固定的，或属于偶然的，常可以在同一个时间里，展演如一部戏剧。

我的老家，如同当时其他许多家庭一样，在现在看来，尽可以称它做一个旧家族。那个并不甚大的宅子里面，也自成一种社会缩影。我同许多小孩子既在那中间长大，也就习惯于里面各种错综的安排和纠纷；像一条小鱼在海滩边生长，习惯于种种螺壳，蛤蜊，大鱼，小鱼，司空见惯，毫不以那种戏剧性的集聚为稀奇。但是事隔多年，有时反复回味起来，当时的情景反倒十分迫近。眼里颜色浓淡鲜晦，不但记忆浮沉驰骋，情感竟亦在不知不觉中重新伸缩，仿佛有所活动。

不过那大部的戏剧此刻却并不在我念中，此刻吸引我回想的仅是那大部中一小部，那错综的人物中一个人物。

他是我们的舅公，这事实是经“大人们”指点给我们一群小孩子知道的。于是我们都叫他做“吉公”，并不疑问到这事实的确实性。但是大人们却又在其他的时候里，间接的或直接的，告诉我们，他并不是我们的舅公的许多话！凡属于故事的话，当然都更能深入孩子的记忆里，这舅公的来历，就永远的在我们心里留下痕迹。

1. 原载 1935 年 8 月 11 日《大公报 · 文艺副刊》第 164 期。

“吉公”是外曾祖母抱来的儿子；这故事一来就有些曲折，给孩子们许多想象的机会。外曾祖母本来自己是有个孩子的，据大人们所讲，他是如何的聪明，如何的长得俊！可惜在他九岁的那年一个很热的夏天里，竟然“出了事”。故事是如此的：他和一个小朋友，玩着抬起一个旧式的大茶壶桶，嘴里唱着土白的山歌，由供着神位的后厅抬到前面正厅里去……（我们心里在这里立刻浮出一张鲜明的图画：两个小孩子，赤着膊；穿着桃花大红肚兜，抬着一个朱漆木桶；里面装着一个白锡镶铜的大茶壶；多少两的粗茶叶，泡得滚热的；——但是悲剧也就发生在这幅图画后面，外曾祖父手里拿着一根旱烟管，由门后出来，无意中碰倒了一个孩子，事儿就坏了！那无可偿补的悲剧，就此永远嵌进那温文儒雅读书人的生命里去。

这个吉公用不着说是抱来替代那惨死去的聪明孩子的。但这是又过了十年，外曾祖母已经老了，祖母已将出阁时候的事。讲故事的谁也没有提到吉公小时是如何长得聪明美丽的话。如果讲到吉公小时的情形，且必用一点叹息的口气说起这吉公如何的顽皮，如何的不爱念书，尤其是关于学问是如何的没有兴趣，长大起来，他也始终不能去参加他们认为光荣的考试。

就一种理论讲，我们自己既在那里读书学做对子，听到吉公不会这门事，在心理上对吉公发生了一点点轻视并不怎样不合理。但是事实上我们不止对他的感情总是那么柔和，时常且对他发生不少的惊讶和钦佩。

吉公住在一个跨院的旧楼上边。不止在现时回想起来，那地方是个浪漫的去处，就是在当时，我们也未尝不觉到那一曲小小的旧廊，上边斜着吱吱呀呀的那么一道危梯，是非常有趣味的。

我们的境界既被限制在一所四面有围墙的宅子里，那活泼的孩子心有时总不肯在单调的生活中磋磨过去，故必定竭力的，在那限制的范围以内寻觅新鲜。在一片小小的地面上，我们认为最多变化，最有意思的，到底是人：凡是有人住的，无论哪一个小角落里，似乎都藏着无数的奇异，我们对它便都感着极大兴味。所以挑水老李住的两间平房，远在茶园子的后门边，和退休的老陈妈所看守的厨房以外一排空房，在我们寻觅新鲜的活动中，或可以说长成的过程中，都是绝对必需的。吉公住的那小跨院的旧楼，则更不必说了。

在那楼上，我们所受的教育，所吸取的知识，许多确非负责我们教育的大人们所能想象得到的。随便说吧，最主要的就有自鸣钟的机轮的动作，世界地图，油画的外国军队军舰，和照相技术的种种，但是最要紧的还是吉公这个人，他的生平，他的样子，脾气，他自己对于这些新知识的兴趣。

吉公已是中年人了，但是对于种种新鲜事情的好奇，却还活像个孩子。在许多人跟前，他被认为是个不读书不上进的落魄者，所以在举动上，在人前时，他便习惯于惭愧，谦卑，退让，拘束的神情，惟独回到他自己的旧楼上，他才恢复过来他种种生成的性格，与孩子们和蔼天真地接触。

在楼上他常快乐地发笑；有时为着玩弄小机器一类的东西，他还会带着嘲笑似的，骂我们迟笨——在人前，这些便是绝不可能的事。用句现在极普通的语言讲，吉公是个有“科学的兴趣”的人，那个小小楼屋，便是他私人的实验室。但在当时，吉公只是一个不喜欢做对子读经书的落魄者，那小小角隅实是祖母用着布施式的仁慈和友爱的含忍，让出来给他消磨无用的日月的。

夏天里，约略在下午两点的时候。那大小几十口复杂的家庭里，各人都能将他一份事情打发开来，腾出一点时光睡午觉。小孩们有的也被他们母亲或看妈抓去横睡在又热又闷气的床头一角里去。在这个时候，火似的太阳总显得十分寂寞，无意义地罩着一个两个空院；一处两处洗晒的衣裳；刚开过饭的厨房；或无人用的水缸。在清静中，喜鹊大胆地飞到地面上，像人似的来回走路，寻觅零食，花猫黄狗全都蜷成一团，在门槛旁把头睡扁了似的不管事。

我喜欢这个时候，这种寂寞对于我有说不出的滋味。饭吃过，随便在哪个荫凉处待着，用不着同伴，我就可以寻出许多消遣来。起初我常常一人走进吉公的小跨院里去，并不为的找吉公，只站在门洞里吹穿堂风，或看那棵大柚子树的树阴罩在我前面来回地摇晃。有一次我满以为周围只剩我一人的，忽然我发现廊下有个长长的人影，不觉一惊。顺着人影偷着看去，我才知道是吉公一个人在那里忙着一件东西。他看我走来便向我招手。

原来这时间也是吉公最宝贵的时候，不轻易拿来糟蹋在午睡上面。我同他的特殊的友谊便也建筑在这点点同情上。他告诉我他私自学会了照相，家里新买到一架照相机已交给他尝试。夜里，我是看见过的，他点盏红灯，冲洗那种旧式玻璃底片，白日里他一张一张耐性地晒片子，这还是第一次让我遇到！那时他好脾气地指点给我一个人看，且请我帮忙，两次带我上楼取东西。平常孩子们太多他没有工夫讲解的道理，此刻慢吞吞地也都和我讲了一些。

吉公楼上的屋子是我们从来看不厌的，里面东西实在是不少，老式钟表就有好几个，都是亲戚们托他修理的，有的是解散开来卧在一个盘子里，等他一件一件再细心地凑在一起。桌上竟还放着一副千里镜，墙上满挂着许多很古怪翻印的油画，有的是些外国皇族，最多还是有枪炮的普法战争的图画，和一些火车轮船的影片以及大小地图。

“吉公，谁教你怎么修理钟的？”

吉公笑了笑，一点不骄傲，却显得更谦虚的样子，努一下嘴，叹口气说：“谁也没有教过吉公什么！”

“这些机器也都是人造出来的，你知道！”他指着自鸣钟，“谁要喜欢这些东西尽可拆开来看看，把它弄明白了。”

“要是拆开了还不大明白呢？”我问他。

他更沉思地叹息了。

“你知道，吉公想大概外国有很多工厂教习所，教人做这种灵巧的机器，凭一个人的聪明一定不会做得这样好。”说话时吉公带着无限的怅惘。我却没有听懂什么工厂什么教习所的话。

吉公又说：“我那天到城里去看一个洋货铺里面有个修理钟表的柜台，你说也真奇怪，那个人在那里弄个钟，许多地方还没有吉公明白呢！”

在这个时候，我以为吉公尽可以骄傲了，但是吉公的脸上此刻看去却更惨淡，眼睛正望着壁上火轮船的油画看。

“这些钟表实在还不算有意思。”他说，“吉公想到上海去看一次火轮船，那种大机器转动起来够多有趣？”

“伟叔不是坐着那么一个上东洋去了么？”我说，“你等他回来问问他。”

吉公苦笑了：“傻孩子，伟叔是读书人，他是出洋留学的，坐到一个火轮船上，也不到机器房里去的，那里都是粗的工人火夫等管着。”

“那你呢？难道你就能跑到粗人火夫的机器房里去？”孩子们受了大人影响，怀疑到吉公的自尊心。

“吉公喜欢去学习，吉公不在乎那些个，”他笑了，看看我为他十分着急的样子，忙把话转变一点安慰我说：“在外国，能干的人也有专管机器的，好比船上的船长吧，他就也得懂机器还懂地理。军官吧，他就懂炮车里机器，尽念古书不相干的，洋人比我们能干，就为他们的机器……”

这次吉公讲的话很多，我都听不懂，但是我怕他发现我太小不明白他的话，以后不再要我帮忙，故此一直勉强听下去，直到吉公记起廊下的相片，跳起来拉了我下楼。

又过了一些日子，吉公的照相颇博得一家人的称赞，尤其是女人们喜欢的了不得。天好的时候，六婶娘找了几位妯娌，请祖母和姑妈们去她院里照相。六婶娘梳着油光的头，眉目细细地淡淡地画在她的白皙脸上，就同她自己画的兰花一样有几分勉强。她的院里有几棵梅花，几竿竹，一个月门，还有一堆假山，大家都认为可以入画的景致。但照相前，各人对于陈设的准备，也和吉公对于照相机底片等等的部署一般繁重。婶娘指挥丫头玉珍，花匠老王，忙着摆茶几，安放细致的水烟袋及茶杯。前面还要排着讲究的盆花，然后两旁列着几张直背椅各人按着辈分、岁数各个坐成一个姿势，有时还拉着一两个孩子做衬托。

在这种时候，吉公的头与手在他黑布与机器之间耐烦地周旋着。周旋到相当时间，他认为已到达较完满的程度，才把头伸出观望那被摄影的人众。每次他有个新颖的提议，照相的人们也就有说有笑的起劲。这样祖母便很骄傲起来，这是连孩子们都觉察得出的，虽然我们当时并未了解她的许多伤心。吉公呢，他的全副精神却在那照相技术上边，周围的空气，人情并不在他注意中。等到照相完了，他才微微地感到一种完成的畅适，兴头地掮着照相机，带着一群孩子回去。

还有比这个严重的时候，如同年节或是老人们的生日，或宴客，吉公的照相职务便更为重要了。早上你到吉公屋里去，便看得到厚厚的红布黑布挂在窗上，里面点着小红灯，吉公驼着背在黑暗中来往的工作。他那种兴趣，勤劳和认真，现在回想起来，我相信如果他晚生了三十年，这个社会里必定会有他一个结实的地位的。照相不过是他当时一个不得已的科学上活动，他对于其他机器的爱好，却并不在照相以下。不过在实际上照相既有所贡献于接济他生活的人，他也只好安于这份工作了。

另一次我记得特别清楚，我那喜欢兵器、武艺的祖父，拿了许

多所谓“洋枪”到吉公那里，请他给揩擦上油。两人坐在廊下谈天，小孩子们也围上去。吉公开一瓶橄榄油，扯点破布，来回地把玩那些我们认为颇神秘的洋枪，一边议论着洋船，洋炮，及其他洋人做的事。

吉公所懂得的均是具体知识，他把枪支在手里，开开这里，动动那里，演讲一般指手画脚讲到机器的巧妙，由枪到炮，由炮到船，由船到火车，一件一件。祖父感到惊讶了，这已经相信维新的老人听到吉公这许多话，相当地敬服起来，微笑凝神地在那里点头领教。大点的孩子也都闻所未闻地睁大了眼睛；我最深的印象便是那次祖父对吉公非常愉悦的脸色。

祖父谈到航海，说起他年轻的时候，极想到外国去，听到某处招生学洋文，保送到外洋去，便设法想去投考。但是那时他已聘了祖母，丈人方面得到消息大大的不高兴，竟以要求退婚要挟他把那不高尚的志趣打消。吉公听了，黯淡的一笑，或者是想到了他自己年少时多少的梦，也曾被这同一个读书人给毁掉了。

他们讲到苏伊士运河，吉公便高兴地，同情地，把楼上地图拿下来，由地理讲到历史，甲午呀，庚子呀，我都是在那时第一次听到。我更记得平常不说话的吉公当日愤慨的议论，我为他不止一点的骄傲，虽然我不明白为什么他的结论总回到机器上。

但是一年后吉公离开我们家，却并不为着机器，而是出我们意料外地为着一个女人。

也许是因为吉公的照相相当地出了名，并且时常地出去照附近名胜风景，让一些人知道了，就常有人来请他去照相。为着对于技术的兴趣，他亦必定到人家去尽义务的为人照全家乐，或带着朝珠谱褂的单人留影。酬报则时常是些食品、果子。

有一次有人请他去，照相的却是一位未曾出阁的姑娘，这位姑娘因在择婿上稍稍经过点周折，故此她家里对于她的亲事常怀着悲观。与吉公认识的是她堂房哥哥，照相的事是否这位哥哥故意地设施，家里人后来议论得非常热烈，我们也始终不得明了。要紧的是，事实上吉公对于这姑娘一家甚有好感，为着这姑娘的相片也颇尽了些职务；我不记得他是否在相片上设色，至少那姑娘的口唇上是抹了一小点胭脂的。

这事传到祖母耳里，这位相信家教谨严的女人便不大乐意。起前，她觉得一个未出阁的女子，相片交给一个没有家室的男子手里印洗，是不名誉不正当的。并且这女子既不是和我们同一省份，便是属于“外江”人家的，事情尤其要谨慎。在这纠纷中，我才又得听到关于吉公的一段人生悲剧。多少年前他是曾经娶过妻室的，一位年轻美貌的妻子，并且也生过一个孩子，却在极短的时间内，母子两人全都死去。

这事除却在吉公一人的心里，这两人的存在几乎不在任何地方留下一点凭据。

现在这照相的姑娘是吉公生命里的一个新转变，在他单调的旧月里开出一条路来。不止在人情上吉公也和他人一样需要异性的关心和安慰，就是在事业的野心上，这姑娘的家人也给吉公以不少的鼓励，至少到上海去看火轮船的梦是有了相当的担保，本来悠长没有着落的日子，现在是骤然地点上希望，虽然在人前吉公仍是沉默，到了小院里他却开始愉快地散步；注意到柚子树又开了花；晚上有没有月亮；还买了几条金鱼养到缸里。在楼上他也哼哼一点调子，把风景照片镶成好看的框子，零整地拿出去托人代售。有时他还整理旧箱子；多少年他没有心绪翻检的破旧东西，现在有时也拿出来放在床上、椅背上，尽小孩子们好奇地问长问短，他也满不在乎了。

忽然突兀地他把婚事决定了，也不得我祖母的同意，便把吉期选好，预备去入赘。祖母生气到默不作声，只退到女人家的眼泪里去，呜咽她对于这弟弟的一切失望。家里人看到舅爷很不体面地，到外省人家去入赘，带着一点箱笼什物，自然也有许多与祖母表同情的。但吉公则终于离开那所浪漫的楼屋，去另找他的生活了。

那布着柚子树荫的小跨院渐渐成为一个更寂寞的角隅，那道吱吱呀呀的木梯从此便没有人上下，除却小孩子们有时淘气，上到一半又赶忙下来。现在想来，我不能不称赞吉公当时那一点挣扎的活力，能不甘于一种平淡的现状。那小楼只能尘封吉公过去不幸的影子，却不能把他给活埋在里边。

吉公的行为既是叛离亲族，在旧家庭里许多人就不能容忍这种的不自尊。他婚后的行动，除了带着新娘来拜过祖母外，其他事情便不听到有人提起！似乎过了不久的时候，他也就到上海去，多少且与火轮船有关系。有一次我曾大胆地问过祖父，他似乎对于吉公是否在火轮船做事没有多大兴趣，完全忘掉他们一次很融洽的谈话。在祖母生前，吉公也还有来信，但到她死后，就完全地渺然消失，不通音讯了。

两年前我南下回到幼年居住的城里去，无意中遇到一位远亲，他告诉我吉公住在城中，境况非常富裕；子女四人，在各个学校里读书，对于科学都非常嗜好，尤其是内中一个，特别聪明，屡得学校奖金等等。于是我也老声老气地发出人事的感慨。如吉公自己生早了三四十年，我说，我希望他这个儿子所生的时代与环境合适于他的聪明，能给他以发展的机会不再复演他老子的悲剧。并且在生命的道上，我祝他早遇到同情的鼓励，敏捷地达到他可能的成功。这得失且并不仅是吉公个人的，而可以计算做我们这老朽的国家的。

至于我会见到那六十岁的吉公，听到他离开我们家以后一段奋斗的历史，这里实没有细讲的必要，因为那中年以后不经过训练，自己琢磨出来的机器师，他的成就必定是有限的。纵使他有相当天赋的聪明，他亦不能与太不适当的环境搏斗。由于爱好机器，他到轮船上做事，到码头公司里任职，更进而独立的创办他的小规模丝织厂，这些全同他的照相一样，仅成个实际上能博取物质胜利的小事业，对于他精神上超物质的兴趣，已不能有所补助，有所启发。年老了，当时的聪明一天天消失，所余仅是一片和蔼的平庸和空虚。认真地说，他仍是个失败者。如果迷信点的话，相信上天或许要偿补给吉公他一生的委屈，这下文的故事，就应该在他那个聪明孩子和我们这个时代上。但是我则仍然十分怀疑。

文　珍[1]

家里在复杂情形下搬到另一个城市去，自己是多出来的一件行李。大约七岁，似乎已长大了，篁姊同家里商量接我到她处住半年，我便被送过去了。

起初一切都是那么模糊，重叠的一堆新印象乱在一处；老大的旧房子，不知有多少老老少少的人，楼，楼上憧憧的人影，嘈杂陌生的声音，假山，绕着假山的水池，很讲究的大盆子花，菜圃，大石井，红红绿绿小孩子，穿着很好看或粗糙的许多妇人围着四方桌打牌的，在空屋里养蚕的，晒干菜的，生活全是那么混乱繁复和新奇。自己却总是孤单，怯生，寂寞。积渐地在纷乱的周遭中，居然挣扎出一点头绪，认到一个凝固的中心，在寂寞焦心或怯生时便设法寻求这中心，抓紧它，旋绕着它要求一个孩子所迫切需要的保护，温暖，和慰安。

这凝固的中心便是一个约摸十七岁年龄的女孩子。她有个苗条身材，一根根黑的发辫，扎着大红绒绳；两只灵活真叫人喜欢黑晶似的眼珠；和一双白皙轻柔无所不会的手。她叫做文珍。人人都喊她文珍，不管是梳着油光头的妇女，扶着拐杖的老太太，刚会走路的"孙少"，老妈子或门房里人！

文珍随着喊她的声音转，一会儿在楼上牌桌前张罗，一会儿下楼穿过廊子不见了，又一会儿是哪个孩子在后池钓鱼，喊她去寻钓

1. 原载1936年6月14日《大公报·文艺》第162期星期特刊。

竿，或是另一个迫她到园角攀摘隔墙的还不熟透的桑葚。一天之中这扎着红绒绳的发辫到处可以看到，跟着便是那灵活的眼珠。本能的，我知道我寻着我所需要的中心，和骆驼在沙漠中望见绿洲一样。清早上寂寞地踱出院子一边望着银红阳光射在藤萝叶上，一边却盼望着那扎着红绒绳的辫子快点出现。凑巧她过来了；花布衫熨得平平的，就有补的地方，也总是剪成如意或桃子等好玩的式样，雪白的袜子，青布的鞋，轻快地走着路，手里持着一些老太太早上需要的东西，开水，脸盆或是水烟袋，看着我，她就和蔼亲切地笑笑：

“怎么不去吃稀饭？”

难为情地，我低下头。

“好吧，我带你去。尽怕生不行的呀！”

感激的我跟着她走。到了正厅后面，（两张八仙桌上已有许多人在吃早饭）她把东西放在一旁，携着我的手到了中间桌边，顺便地喊声：“五少奶，起得真早。”等五少奶转过身来，便更柔声地说：“小客人还在怕生呢，一个人在外边吹着，也不进来吃稀饭！”于是把我放在五少奶旁边方凳上，她自去大锅里盛碗稀饭，从桌心碟子里挟出一把油炸花生，拣了一角有红心的盐鸡蛋放在我面前，笑了一笑走去几步，又回头来，到我耳朵边轻轻地说：

“好好地吃，吃完了，找阿元玩去，他们早上都在后池边看花匠做事，你也去。”或是：“到老太太后廊子找我，你看不看怎样夹燕窝？”

红绒发辫暂时便消失了。

太阳热起来，有天我在水亭子里睡着了，睁开眼正是文珍过来把我拉起来，“不能睡，不能睡，这里又是日头又是风的，快给我进去喝点热茶。”害怕的我跟着她去到小厨房，看着她拿开水冲茶，听她嘴里哼哼地唱着小调。篁姊走过看到我们便喊：“文珍，天这么热你把她带到小厨房里做什么？”我当时真怕文珍生气，文珍却笑嘻嘻地：“三少奶奶，你这位妹妹真怕生，总是一个人闷着，今天又在水亭里睡着了，你给她想想法子解解闷，这里怪难为她的。”

篁姊看看我说：“怎么不找那些孩子玩去？”我没有答应出来，文珍在篁姊背后已对我挤了挤眼，我感激地便不响了。篁姊走去，文珍拉了我的手说：“不要紧，不找那些孩子玩时就来找我好了，我替你想想法子。你喜欢不喜欢拆旧衣衫？我给你一把小剪子，我教你。”

于是面对面我们两人有时便坐在树荫下拆旧衣，我不会时她就叫我帮助她拉着布，她一个人剪，一边还同我讲故事。

指着大石井，她说：“文环比我大两岁长得顶好看了，好看的人没有好命，更可怜！我的命也不好，可是我长得老实样，没有什么人来欺侮我。”文环是跳井死的丫头，这事发生在我未来这家以前，我就知道孩子们到了晚上，便互相逗着说文环的鬼常常在井边来去。

“文环的鬼真来么？”我问文珍。

“这事你得问芳少爷去。”

我怔住不懂，文珍笑了，“小孩子还信鬼么？我告诉你，文环的死都是芳少爷不好，要是有鬼她还不来找他算账，我看，就没有鬼，文环白死了！”我仍然没有懂，文珍也不再往下讲了，自己好像不胜感慨的样子。

过一会儿她忽然说：

“芳少爷讲书倒讲得顶好了，我替你出个主意，等他们早上讲诗的时候，你也去听。背诗挺有意思的，明天我带你去听。”

到了第二天她果然便带了我到东书房去听讲诗。八九个孩子看到文珍进来，都看着芳哥的脸。文珍满不在乎地坐下，芳哥脸上却有点两样，故作镇定地向着我说：

“小的孩子，要听可不准闹。”我望望文珍，文珍抿紧了嘴不响，打开一个布包，把两本唐诗放在我面前，轻轻地说：“我把书都给你带来了。”

芳哥选了一些诗，叫大的背诵，又叫小的跟着念；又讲李太白怎样会喝酒的故事。文珍看我已经很高兴地在听下去，自己便轻脚轻手地走出去了。此后每天我学了一两首新诗，到晚上就去找文珍背给她听，背错了她必提示我，每背出一首她还替我抄在一个本子里——如此文珍便做了我的老师。

五月节中文珍裹的粽子好，做的香袋更是特别出色，许多人便托她做，有的送她缎面鞋料，有的给她旧布衣衫，她都一脸笑高兴地接收了。有一天在她屋子里玩，我看到她桌子上有个古怪的纸包；我问她里边是些什么，她也很稀奇地说连她都不知道。我们两人好奇地便一同打开看。原来里边裹着是一把精致的折扇，上面画着两三朵菊花，旁边细细地写着两行诗。

“这可怪了，”她喊了起来，接着眼珠子一转，仿佛想起什么了，便轻声地骂着，“鬼送来的！”

听到鬼，我便联想到文环，忽然恍然，有点明白这是谁送来的！我问她可是芳哥？她望着我看看，轻轻拍了我一下，好脾气地说：“你这小孩子家好懂事，可是，”她转了一个口吻，“小孩子家太懂事了，不好的。”过了一会儿，看我好像很难过，又笑逗着我：“好娇气，一句话都吃不下去！轻轻说你一句就值得撅着嘴这半天！以后怎做人家儿媳妇？”我羞红了脸便和她闹，半懂不懂地大声念扇子上的诗。这下她可真急了，把扇子夺在手里说：“你看我稀罕不稀罕爷们的东西！死了一个丫头还不够呀？”一边说一边狠狠地把扇子撕个粉碎，伏在床上哭起来了。

我从来没有想到文珍会哭的，这一来我慌了手脚，爬在她背上摇她，一直到自己也哭了，她才回过头来说：“好小姐，这是怎么闹的，快别这样了。”替我擦干了眼泪，又哄了我半天。一共做了两个香包才把我送走。

在夏天有一个薄暮里大家都出来到池边乘凉看荷花，小孩子忙着在后园里捉萤火虫，我把文珍也拉去绕着假山竹林子走，一直到了那扇永远锁闭着的小门前边。阿元说那边住的一个人家是革命党，我们都问革命党是什么样子。要爬在假山上面往那边看。文珍第一个上去，阿元接着把我推上去。等到我的脚自己能立稳的时候，我才看到隔壁院里一个剪发的年轻人，仰着头望着我们笑。文珍急着要下来，阿元却正挡住她的去路。阿元上到山顶冒冒失失地便向着那人问："喂，喂，我问你，你是不是革命党呀？"那人皱一皱眉又笑了笑，问阿元敢不敢下去玩，文珍生气了说阿元太顽皮，自己便先下去把我也接下去走了。

过了些时，我发现这革命党邻居已同阿元成了至交，时常请阿元由墙上过去玩，他自己也越墙过来同孩子们玩过一两次。他是个东洋留学生，放暑假回家的，很自然地我注意到他注意文珍，可是一切事在我当时都是一片模糊，莫明其所以的。文珍一天事又那么多，有时被孩子们纠缠不过，总躲了起来在楼上挑花做鞋去，轻易不见她到花园里来玩的。

可是忽然间全家里空气突然紧张，大点的孩子被二少奶老太太传去问话；我自己也被篁姊询问过两次关于小孩子们爬假山结交革命党的事，但是每次我都咬定了不肯说有文珍在一起。在那种大家庭里厮混了那么久，我也积渐明白做丫头是怎样与我们不同，虽然我却始终没有看到文珍被打过。

经过这次事件以后，文珍渐渐变成沉默，没有先前活泼了。多半时候都在正厅耳房一带，老太太的房里或是南楼上，看少奶奶们打牌。仅在篁姊生孩子时，晚上过来陪我剪花样玩，帮我写两封家信。看她样子好像很不高兴。

中秋前几天阿元过来，报告我说家里要把文珍嫁出去，已经说妥了人家，一个做生意的，长街小钱庄里管账的，听说文珍认得字，很愿意娶她，一过中秋便要她过门，我一面心急文珍要嫁走，却一面高兴这事的新鲜和热闹。

“文珍要出嫁了！”这话在小孩子口里相传着。但是见到文珍我却没有勇气问她。下意识地，我也觉到这桩事的不妙；一种黯淡的情绪笼罩着文珍要被嫁走的新闻上面。我记起文珍撕扇子那一天的哭；我记起我初认识她时她所讲的文环的故事，这些记忆牵牵连连地放在一起，都似乎叫我非常不安。到后来我忍不住了，在中秋前两夜大月亮和桂花香中看文珍正到我们天井外石阶上坐着时，上去坐在她旁边，无暇思索地问她：

“文珍，我同你说。你真要出嫁了么？”

文珍抬头看看树枝中间月亮：

“她们要把我嫁了！”

“你愿意么？”

“什么愿意不愿意的，谁大了都得嫁不是？”

“我说是你愿意嫁给那么一个人家么？”

“为什么不？反正这里人家好，于我怎么着？我还不是个丫头，穿得不好，说我不爱体面，穿得整齐点，便说我闲话，说我好打扮，想男子！……说我……”

她不说下去，我也默然不知道说什么。

“反正，”她接下去说，“丫头小的时候可怜，好容易挨大了，又得遭难！不嫁老在那里磨着，嫁了不知又该受些什么罪！活该我自己命苦，生在凶年……亲爹嬷背了出来卖给人家！”

我以为她又哭了，她可不，忽然立了起来，上个小山坡，踮起脚来连连折下许多桂花枝，拿在手里嗅着。

“我就嫁！”她笑着说，“她们给我说定了谁，我就嫁给谁！管他呢，命要不好，遇到一个醉汉打死了我，不更干脆？反正，文环死在这井里，我不能再在他们家上吊！这个那个都待我好，可是我可伺候够了，谁的事我不做一堆？不待我好，难道还要打我？”

“文珍，谁打过你？”我问。

“好，文环不跳到井里去了么，谁现在还打人？”她这样回答，随着把手里桂花丢过一个墙头，想了想，笑起来。我是完全地莫名其妙。

“现在我也大了，闲话该轮到我了，”她说了又笑，“随他们说去，反正是个丫头，我不怕！……我要跑就跑，跟卖布的，卖糖糕的，卖馄饨的，担臭豆腐挑子沿街喊的，出了门就走了！谁管得了我？”她放声地咕咕呱呱地大笑起来，两只手拿我的额发辫着玩。

我看她高兴，心里舒服起来。寻常女孩子家自己不能提婚姻的事，她竟说要跟卖臭豆腐的跑了，我暗暗稀罕她说话的胆子，自己也跟着说疯话：

“文珍，你跟卖馄饨的跑了，会不会生个小孩子也卖馄饨呀？”

文珍的脸忽然白下来，一声不响。

××钱庄管账的来拜节，有人一直领他到正院里来，小孩们都看见了。这人穿着一件蓝长衫，罩一件青布马褂，脸色乌黑，看去真像有了四十多岁，背还有点驼，指甲长长的，两只手老筒在袖里，顽皮的大孩子们眼睛骨碌碌地看着他，口上都在轻轻地叫他新郎。

我知道文珍正在房中由窗格子里可以看得见他，我就跑进去找寻，她却转到老太太床后拿东西，我跟着缠住，她总一声不响。忽然她转过头来对我亲热的一笑，轻轻地，附在我耳后说：“我跟卖馄饨的去，生小孩，卖小馄饨给你吃。”说完噗嗤地稍稍大声点笑。

我乐极了就跑出去。但所谓“新郎”却已经走了，只听说人还在外客厅旁边喝茶，商谈亲事应用的茶礼，我也没有再出去看。

此后几天，我便常常发现文珍到花园里去，可是几次，我都找不着她，只有一次我看见她从假山后那小路回来。

“文珍你到哪里去？”

她不答应我，仅仅将手里许多杂花放在嘴边嗅，拉着我到池边去说替我打扮个新娘子，我不肯，她就回去了。

又过了些日子我家来人接我回去，晚上文珍过来到我房里替篁姊收拾我的东西。看见房里没有人，她把洋油灯放低了一点，走到床边来同我说：

“我以为我快要走了，现在倒是你先去，回家后可还记得起来文珍？”

我眼泪挂在满脸，抽噎着说不出话来。

“不要紧，不要紧。”她说，“我到你家来看你。”

“真的么？”我伏在她肩上问。

“那谁知道！”

“你是不是要嫁给那钱庄管账的？”

“我不知道。”

“你要嫁给他，一定变成一个有钱的人了，你真能来我家么？”

“我也不知道。”

我又哭了。文珍摇摇我，说：“哭没有用的，我给你写信好不好？”我点点头，就躺下去睡。

回到家后我时常盼望着文珍的信，但是她没有给我信。真的革命了，许多人都跑上海去住，篁姊来我们家说文珍在中秋节后快要出嫁以前逃跑了，始终没有寻着。这消息听到耳里同雷响一样，我说不出的牵挂、担心她。我鼓起勇气地问文珍是不是同一个卖馄饨的跑了，篁姊惊讶地问我：

“她时常同卖馄饨的说话么？”

我摇摇头说没有。

“我看，”篁姊说，“还是同那革命党跑的！”

一年以后，我还在每个革命画册里想发现文珍的情人。文珍却从没有给我写过一封信。

绣　绣[1]

因为时局，我的家暂时移居到 ××。对楼张家的洋房子楼下住着绣绣。那年绣绣十一岁，我十三。起先我们互相感觉到彼此不自然，见面时便都先后红起脸来，准备彼此回避。但是每次总又同时彼此对望着，理会到对方有一种吸引力，使自己不容易立刻实行逃脱的举动。于是在一个下午，我们便有意距离彼此不远地同立在张家楼前，看许多人用旧衣旧鞋热闹地换碗。

还是绣绣聪明，害羞地由人从中挤过去，指出一对美丽的小磁碗给我看，用秘密亲昵的小声音告诉我她想到家里去要一双旧鞋来换。我兴奋地望着她回家的背影，心里漾起一团愉悦的期待。不到一会儿工夫，我便又佩服又喜悦地参观到绣绣同换碗的贩子一段交易的喜剧，变成绣绣的好朋友。

那张小小图画今天还顶温柔的挂在我的胸口。这些年了。我仍能见到绣绣的两条发辫系着大红绒绳，睁着亮亮的眼，抿紧着嘴，边走边跳地过来，一只背在后面的手里提着一双旧鞋。挑卖磁器的贩子口里衔着旱烟，像一个高大的黑影，笼罩在那两簇美丽得同云一般各色磁器的担子上面！一些好奇的人都伸过头来看。“这么一点点小孩子的鞋，谁要？”贩子坚硬的口气由旱烟管的斜角里呼出来。

“这是一双皮鞋，还新着呢！”绣绣抚爱地望着她手里旧皮鞋。

1. 原载 1937 年 4 月 18 日《大公报 · 文艺》第 325 期。

那双鞋无疑地曾经一度给过绣绣许多可骄傲的体面。鞋面有两道鞋扣。换碗的贩子终于被绣绣说服，取下口里旱烟扣在灰布腰带上，把鞋子接到手中去端详。绣绣知道这机会不应该失落。也就很快地将两只渴慕了许多时候的小花碗捧到她手里。但是鹰爪似的贩子的一只手早又伸了过来，将绣绣手里梦一般美满的两只小碗仍然收了回去。绣绣没有话说，仰着绯红的脸，眼睛潮润着失望的光。

我听见后面有了许多嘲笑的声音，感到绣绣孤立的形势和她周围一些侮辱的压迫，不觉起了一种不平。“你不能欺侮她小！”我听到自己的声音威风地在贩子的鞋下响，“能换就换换，不能换，就把皮鞋还给她！”贩子没有理我，也不去理绣绣，忙碌地同别人交易，小皮鞋也还夹在他手里。

“换了吧老李，换了吧，人家一个孩子。”人群中忽有个老年好事的人发出含笑慈祥的声音。“倚老卖老”地他将担子里那两只小碗重新捡出交给绣绣同我：“哪，你们两个孩子拿着这两只碗快走吧！”我惊讶地接到一只碗，不知所措。绣绣却挨过亲热的小脸扯着我的袖子，高兴地笑着示意叫我同她一块儿挤出人堆来。那老人或不知道，他那时塞到我们手里的不止是两只碗，并且是一把鲜美的友谊。

自此以后，我们的往来一天比一天亲密。早上我伴绣绣到西街口小庐里买点零星东西。绣绣是有任务的，她到店里所买的东西都是油盐酱醋，她妈妈那一天做饭所必需的物品，当我看到她在店里非常熟识地要她的货物了，从容地付出或找人零碎铜元同吊票时，我总是暗暗地佩服她的能干，羡慕她的经验。最使我惊异的则是她妈妈所给我的印象。黄瘦的，那妈妈是个极懦弱无能的女人，因为带着病，她的脾气似乎非常暴躁。种种的事她都指使着绣绣去做，却又无时无刻不咕噜着，教训着她的孩子。

起初我以为绣绣没有爹，不久我就知道原来绣绣的父亲是个很阔绰的人物。他姓徐，人家叫他徐大爷，同当时许多父亲一样，他另有家眷住在别一处的。绣绣同她妈妈母女两人早就寄住在这张家亲戚楼下两小间屋子里，好像被忘记了的孤寡。绣绣告诉我，她曾到过她爹爹的家，那还是她那新姨娘没有生小孩以前，她妈叫她去同爹要一点钱，绣绣说时脸红了起来，头低了下去，挣扎着心里各种的羞愤和不平。我没有敢说话，绣绣随着也就忘掉了那不愉快的方面，抬起头来告诉我，她爹家里有个大洋狗非常的好，“爹爹叫它坐下，它就坐下。”还有一架洋钟，绣绣也不能够忘掉“钟上面有个门”，绣绣眼里亮起来，“到了钟点，门会打开，里面跳出一只鸟来，几点钟便叫了几次。”“那是——那是爹爹买给姨娘的。”绣绣又偷偷告诉了我。

“我还记得有一次我爹爹抱过我呢，”绣绣说，她常同我讲点过去的事情，“那时候，我还顶小，很不懂事，就闹着要下地，我想那次我爹一定很不高兴的！”绣绣追悔地感到自己的不好，惋惜着曾经领略过又失落了的一点点父亲的爱。“那时候，你太小了当然不懂事。”我安慰着她。“可是……那一次我到爹家里去时，又弄得他不高兴呢！”绣绣心里为了这桩事，大概已不止一次地追想难过着，“那天我要走的时候，”她重新说下去，“爹爹翻开抽屉问姨娘有什么好玩艺儿给我玩，我看姨娘没有答应，怕她不高兴便说，我什么都不要，爹听见就很生气把抽屉关上，说：不要就算了！”——这里绣绣本来清脆的声音显然有点哑，“等我再想说话，爹已经起来把给妈的钱交给我，还说，你告诉她，有病就去医，自己乱吃药，明日吃死了我不

管！”这次绣绣伤心地对我诉着委屈，轻轻抽噎着哭，一直坐在我们后院子门槛上玩，到天黑了才慢慢地踱回家去，背影消失在张家灰黯的楼下。

夏天热起来，我们常常请绣绣过来喝汽水，吃藕，吃西瓜。娘把我太短了的花布衫送给绣绣穿，她活泼地在我们家里玩，帮着大家摘菜，做凉粉，削果子做甜酱，听国文先生讲书，讲故事。她的妈则永远坐在自己窗口里，摇着一把蒲扇，不时颤声地喊：“绣绣！绣绣！”底下咕噜着一些埋怨她不回家的话，“……同她父亲一样，家里总坐不住！”

有一天，天将黑的时候，绣绣说她肚子痛，匆匆跑回家去。到了吃夜饭时候，张家老妈到了我们厨房里说，绣绣那孩子病得很，她妈不会请大夫，急得只坐在床前哭。我家里人听见了就叫老陈妈过去看绣绣，带着一剂什么急救散。我偷偷跟在老陈妈后面，也到绣绣屋子去看她。我看到我的小朋友脸色苍白地在一张木床上呻吟着，屋子在那黑夜小灯光下闷热的暑天里，显得更凌乱不堪。那黄病的妈妈除却交叉着两只手发抖地在床边敲着，不时呼唤绣绣外，也不会为孩子预备一点什么适当的东西。大个子的蚊子咬着孩子的腿同手臂，大粒子汗由孩子额角沁出流到头发旁边。老陈妈慌张前后的转，拍着绣绣的背，又问徐大妈妈——绣绣的妈——要开水，要药锅煎药。我偷个机会轻轻溜到绣绣床边叫她，绣绣听到声音还勉强地睁开眼睛看看我作了一个微笑，吃力地低声说，“蚊香……在屋角……劳驾你给点一根……”她显然习惯于母亲的无用。

“人还清楚！”老陈妈放心去熬药。这边徐大妈妈咕噜着：“告诉你过人家的汽水少喝！果子也不好，我们没有那命吃那个……偏不听话，这可招了祸！……你完了小冤家，我的老命也就不要了……”绣绣在呻吟中间显然还在哭辩着。“哪里是那些，妈……今早上……我渴，喝了许多泉水。”

家里派人把我拉回去。我记得那一夜我没得好睡，惦记着绣绣，做着种种可怕的梦。绣绣病了差不多一个月，到如今我也不知道到底患的什么病，他们请过两次不同的大夫，每次买过许多杂药。她妈天天给她稀饭吃。正式的医药没有，营养更是等于零的。

因为绣绣的病，她妈妈埋怨过我们，所以她病里谁也不敢送吃的给她。到她病将愈的时候，我天天只送点儿童画报一类的东西去同她玩。

病后，绣绣那灵活的脸上失掉所有的颜色，更显得异样温柔，差不多超尘的洁净，美得好像画里的童神一般，声音也非常脆弱动听，牵得人心里不能不漾起怜爱。但是以后我常常想到上帝不仁的摆布，把这么美好敏感，能叫人爱的孩子虐待在那么一个环境里，明明父母双全的孩子，却那样零仃孤苦，使她比失却怙恃更茕孑无所依附。当时我自己除却给她一点童年的友谊，做个短时期的游伴以外，毫无其他能力护助着这孩子同她的运命搏斗。

她父亲在她病时曾到她们那里看过她一趟，停留了一个极短的时间。但他因为不堪忍受绣绣妈的一堆存积下的埋怨，他还发气狠心地把她们母女反申斥了、教训了，也可以说是辱骂了一顿。悻悻地他留下一点钱就自己走掉，声明以后再也不来看她们了。

我知道绣绣私下曾希望又希望着她爹去看她们，每次结果都是出了她孩子打算以外的不圆满。这使她很痛苦。这一次她忍耐不住了，她大胆地埋怨起她的妈："妈妈，都是你这样子闹，所以爹气走了，赶明日他再也不来了！"其实绣绣心里同时也在痛苦着埋怨她爹。她有一次就轻声地告诉过我："爹爹也太狠心了，妈妈虽然有脾气，她实在很苦的，她是有病。你知道她生过六个孩子，只剩我一个女的，从前，她常常一个人在夜里哭她死掉的孩子，日中老是做活计，样子同现在很两样；脾气也很好的。"但是绣绣虽然告诉过我——她的朋友——她的心绪，对她母亲的同情，徐大奶奶都只听到绣绣对她一时气愤的埋怨，因此便借题发挥起来，夸张着自己的委屈，向女儿哭闹，谩骂。

那天张家有人听得不过意了，进去干涉，这一来，更触动了徐大奶奶的歇斯塔尔利亚的脾气，索性气结地坐在地上狠命地咬牙捶胸，疯狂似的大哭。等到我也得到消息过去看她们时，绣绣已哭到眼睛红肿，蜷伏在床上一个角里抽搐得像个可怜的迷路的孩子。左右一些邻居都好奇，好事地进去看她们。我听到出来的人议论着她们事说："徐大爷前月生个男孩子。前几天替孩子做满月办了好几桌席，徐大奶奶本来就气得几天没有吃好饭，今天大爷来又说了她同绣绣一顿，她更恨透了，巴不得同那个新的人拼命去！凑巧绣绣还护着爹，倒怨起妈来，你想，她可不就气疯了，拿孩子来出气么？"我还听见有人为绣绣不平，又有人说："这都是孽债，绣绣那孩子，前世里该了他们什么吧？怪可怜的，那点点年纪，整天这样挨着。你看她这场病也会不死？这不是该他们什么还没有还清么？！"

绣绣的环境一天不如一天，的确好像有孽债似的，她妈的暴躁比以前更迅速地加增，虽然她对绣绣的病不曾有效地维护调摄，为着忧虑女儿的身体那烦恼的事实却增进她的衰弱怔忡的症候，变成一个极易受刺激的妇人。为着一点点事，她就得狂暴地骂绣绣。有几次简直无理地打起孩子来。楼上张家不胜其烦，常常干涉着，因之又引起许多不愉快的口角，给和平的绣绣更多不方便同为难。

我自认已不迷信的了，但是人家说绣绣似来还孽债的话，却偏偏深深印在我脑子里，让我回味又回味着，不使我摆脱开那里所隐示的果报轮回之说。读过《聊斋志异》，同《西游记》的小孩子的脑子里，本来就装着许多荒唐的幻想的，无意的迷信的话听了进去便很自然发生了相当影响。此后不多时候我竟暗同绣绣谈起观音菩萨的神通来。两人背着人描下柳枝观音的像夹在书里，又常常在后院向西边虔敬地做了一些滑稽的参拜，或烧几炷家里的蚊香。我并且还教导绣绣暗中临时念"阿弥陀佛，救苦救难观世音菩萨"，告诉她那可以解脱突来的灾难。病得瘦白柔驯，乖巧可人的绣绣，于是真的常常天真地双垂着眼，让长长睫毛美丽地覆在脸上，合着小小手掌，虔意地喃喃向着传说能救苦的观音祈求一些小孩子的奢望。

“可是，小姊姊，还有耶稣呢？”有一天她突然感觉到她所信任的神明问题有点儿蹊跷，我们两人都是进过教会学校的——我们所受的教育，同当时许多小孩子一样本是矛盾的。

“对了，还有耶稣！”我呆然，无法给她合理的答案。

神明本身既发生了问题，神明自有公道慈悲等说也就跟着动摇了。但是一个漂泊不得于父母的寂寞孩子显然需要可皈依的主宰的，所以据我所知道，后来观音同耶稣竟是同时庄严地在绣绣心里受她不断地敬礼！

这样日子渐渐过去，天凉快下来，绣绣已经又被指使着去临近小店里采办杂物，单薄的后影在早晨凉风中摇曳着，已不似初夏时活泼。看到人总是含羞地不说什么话，除却过来找我一同出街外，也不常到我们这边玩了。

突然地有一天早晨，张家楼下发出异样紧张的声浪，徐大奶奶在哭泣中锐声气愤地在骂着，诉着，喘着，与这锐声相间而发的有沉重的发怒的男子口音。事情显然严重。借着小孩子身份，我飞奔过去找绣绣。张家楼前停着一辆讲究的家车，徐大奶奶房间的门开着一线，张家楼上所有的仆人，厨役，打杂同老妈，全在过道处来回穿行，好奇地听着热闹。屋内秩序比寻常还要紊乱，刚买回来的肉在荷叶上挺着，一把蔬菜萎靡的像一把草，搭在桌沿上，放出灶边或菜市里那种特有气味，一堆碗箸，用过的同未用的，全在一个水盆边放着。墙上美人牌香烟的月份牌已让人碰得在歪斜里悬着。最奇怪的是那屋子里从来未有过的雪茄烟的气氛。徐大爷坐在东边木床上。紧紧锁着眉，

怒容满面，口里衔着烟，故作从容地抽着，徐大奶奶由邻居里一个老太婆同一个小脚老妈子按在一张旧藤椅上还断续地颤声地哭着。

当我进门时，绣绣也正拉着楼上张太太的手进来，看见我头低了下去，眼泪显然涌出，就用手背去擦着已经揉得红肿的眼皮。

徐大奶奶见到人进来就锐声地申诉起来。她向着楼上张太太："三奶奶，你听听我们大爷说的没有理的话！……我就有这么半条老命，也不能平白让他们给弄死！我熬了这二十多年，现在难道就这样子把我撵出去？人得有个天理呀！……我打十七岁来到他家，公婆面上什么没有受过，挨过……"

张太太望望徐大爷，绣绣也睁着大眼睛望着她的爹，大爷先只是抽着烟严肃地冷酷地不作声。后来忽然立起来，指着绣绣的脸，愤怒地做个强硬的姿势说："我告诉你，不必说那许多废话，无论如何，你今天非把家里那些地契拿出来交还我不可，……这真是岂有此理！荒唐之至！老家里的田产地契也归你管了，这还成什么话！”

夫妇两人接着都有许多驳难的话；大奶奶怨着丈夫遗弃，克扣她钱，不顾旧情，另有所恋，不管她同孩子两人的生活，在外同那女人浪费。大爷说他妻子，不识大体，不会做人，他没有法子改良她，他只好提另再娶能温顺着他的女人另外过活，坚不承认有何虐待大奶奶处。提到地契，两人各据理由争执，一个说是那一点该是她老年过活的凭藉，一个说是祖传家产不能由她做主分配。相持到吃中饭时分，大爷的态度愈变强硬，大奶奶却喘成一团，由疯狂地哭闹，变成无可奈何地啜泣。别人已渐渐退出。

直到我被家里人连催着回去吃饭时，绣绣始终只缄默地坐在角落里，由无望地伴守着两个互相仇视的父母，听着楼上张太太的几次清醒的公平话，尤其关于绣绣自己的地方。张太太说的要点是他们夫妇两人应该看绣绣面上，不要过于固执。她说：“那孩子近来病得很弱，”又说：“大奶奶要留着一点点也是想到将来的事，女孩子长大起来还得出嫁，你不能不给她预备点。”她又说：“我看绣绣很聪明，下季就不进学，开春也应该让她去补习点书。”她又向大爷提议：“我看以后大爷每月再给绣绣筹点学费，这年头女孩不能老不上学，尽在家里做杂务的。”

这些中间人的好话到了那生气的两个人耳里，好像更变成一种刺激，大奶奶听到时只是冷讽着：“人家有了儿子了，还顾了什么女儿！”大爷却说：“我就给她学费，她那小气的妈也不见得送她去读书呀？”大奶奶更感到冤枉了，“是我不让她读书么？你自己不说过：女孩子不用读那么些书么？”

无论如何，那两人固执着偏见，急迫只顾发泄两人对彼此的仇恨，谁也无心用理性来为自己的纠纷寻个解决的途径，更说不到顾虑到绣绣的一切。那时我对绣绣的父母两人都恨透了，恨不得要同他们说理，把我所看到各种的情形全盘不平地倾吐出来，叫他们醒悟，乃至于使他们悔过，却始终因自己年纪太小，他们情形太严重，拿不起力量，懦弱地抑制下来。但是当我咬着牙毒恨他们时，我偶然回头看到我的小朋友就坐在那里，眼睛无可奈何地向着一面，无目的愣着，忽然使我起一种很奇怪的感觉。我悟到此刻在我看去无疑问的两个可憎可恨的人，却是那温柔和平绣绣的父母。我很明白即使绣绣此刻也有点恨着他们，但是蒂结在绣绣温婉的心底的，对这两人到底仍是那不可思议的深爱！

我在惘惘中回家去吃饭，饭后等不到大家散去。我就又溜回张家楼下。这次出我意料以外地，绣绣房前是一片肃静。外面风刮得很大，树叶和尘土由甬道里卷过，我轻轻推门进去，屋里的情形使我不禁大吃一惊，几乎失声喊出来！方才所有放在桌上木架上的东西，现在一起打得粉碎，扔散在地面上……大爷同大奶奶显然已都不在那里，屋里既无啜泣，也没有沉重的气愤的申斥声，所余仅剩苍白的绣绣，抱着破碎的想望，无限的伤心，坐在老妈子身边。雪茄烟气息尚香馨地笼罩在这一幅惨淡滑稽的画景上面。

“绣绣，这是怎么了？”绣绣的眼眶一红，勉强调了一下哽咽的嗓子，“妈妈不给那——那地契，爹气了就动手扔东西，后来……他们就要打起来，隔壁大妈给劝住，爹就气着走了……妈让他们挟到楼上‘三阿妈’那里去了。”

小脚老妈开始用笤帚把地上碎片收拾起来。

忽然在许多凌乱中间，我见到一些花磁器的残体，我急急拉过绣绣两人一同俯身去检验。

“绣绣！”我叫起来，“这不是你那两只小磁碗？也……让你爹砸了么？”

绣绣泪汪汪地点点头，没有答应，云似的两簇花磁器的担子和初夏的景致又飘过我心头，我捏着绣绣的手，也就默然。外面秋风摇撼着楼前的破百叶窗，两个人看着小脚老妈子将那美丽的尸骸同其他茶壶粗碗的碎片，带着茶叶剩菜，一起送入一个旧簸箕里，葬在尘垢中间。

这世界上许多纷纠使我们孩子的心很迷惑——那年绣绣十一，我十三。

终于在那年的冬天，绣绣的迷惑终止在一个初落雪的清早里。张家楼房背后那一道河水，冻着薄薄的冰，到了中午阳光隔着层层的雾惨白的射在上面，绣绣已不用再缩着脖颈，顺着那条路，迎着冷风到那里去了！无意地她却把她的迷惑留在我心里，飘忽于张家楼前同小店中间直到了今日。

廿六，三，廿，中华民国

致胡适

一[1]

适之先生：

也许你很诧异这封唐突的来信，但是千万请你原谅，你到美的消息传到一个精神充军的耳朵里，这不过是个很自然的影响。

我这两年多的渴想北京和最近惨酷的遭遇给我许多烦恼和苦痛。我想你一定能够原谅我对于你到美的踊跃。我愿意见着你，我愿意听到我所狂念的北京的声音和消息，你不以为太过吧？

纽约离此很近，我有希望欢迎你到费城来么？如哥伦比亚演讲一定很忙不知周末可以走动不？

这二月底第三或第四周末有空否，因为那时彭校新创的教育会有个演讲托找中国 speaker[2]，胡先生若可以来费可否答应当那晚的 speaker？本来这会极不要紧的不该劳动大驾，只因此我们可以聚会晤谈所以函问。

若是月底太忙不能来费请即示知以便早早通知该会（Dr. G. H. minnich 会长）过些时候我也许可以到纽约来拜访。

很不该这样唐突打扰，但是——原谅

1. 写于 1927 年 2 月 6 日。

2. 讲演人。

徽音上

二月六日于费城

二[1]

适之先生：

我真不知道怎样谢谢你这次的 visit[2] 才好！星五那天我看你从早到晚不是说话便是演讲真是辛苦极了。第二天一清早我想着你又在赶路到华京去，着实替你感着疲劳。希望你在华京从容一点稍稍休息过来。

那天听讲的人都高兴得了不得。那晚饭后我自己只觉得有万千的感触。倒没有向你道谢。要是道谢的话“谢谢”两字真是太轻了。不能达到我的感激。一个小小的教育会把你辛苦了足三天，真是！

你的来费给我好几层的安慰，老实说当我写信去请你来时实在有些怕自己唐突，就是那天见了你之后也还有点不自在。但是你那老朋友的诚意温语立刻把我 put at ease[3] 宽慰了。

你那天所谈的一切——宗教，人事，教育到政治——我全都忘不了的，尤其是“人事”；一切的事情我从前不明白，现在已经清楚了许多，就还有要说要问的，也就让他们去不说不问了，“让过去的算过去的”，这是志摩的一句现成话。

---

1. 写于 1927 年 3 月 15 日。

2. 访问。

3. 让我放心。

大概在你回国以前我不能到纽约来了，如果我再留美国一年的话，大约还有一年半我们才能再见了。适之先生，我祝你一切如意快乐和健康。回去时看见朋友们替我问候；请你告诉志摩我这三年来寂寞受够了，失望也遇多了，现在倒能在寂寞和失望中得着自慰和满足。告诉他我绝对的不怪他，只有盼他原谅我从前的种种的不了解。但是路远隔膜误会是所不免的，他也该原谅我。我昨天把他的旧信一一翻阅了。旧的志摩我现在真真透澈地明白了，但是过去，现在不必重提了，我只求永远纪念着。

如你所说的，经验是可宝贵的，但是有价值的经验全是苦痛换来的，我在这三年中真是得了不少的阅历，但就也够苦了。经过了好些的变励的环境和心理，我是如你所说的老成了好些，换句话说，便是会悟了从青年的 idealistic phase[1] 走到了成年的 realistic phase[2]，做人便这样做罢。idealistic 的梦停止了，也就可以医好了许多 vanity[3]，这未始不是个好处。

照事实上看来我没有什么不满足的。现在一时国内要不能开始我的工作，我便留在国外继续用一年工夫再说。有便请你再告诉志摩，他怕美国把我宠坏了，事实上倒不尽然，我在北京那一年的 spoilt[4]。生活用了三年的工夫才一点一点改过来，要说“spoilt”世界上没有比中国更容易 spoil 人了，他自己也就该留心点。

1. 理想主义阶段。
2. 现实主义阶段。
3. 虚荣。
4. 娇养坏了。

通伯和夫人[1]为我道念，叔华女士若是有暇，可否送我几张房子的相片，自房子修改以后我还没有看见过，我和那房子的感情实是深长。旅居的梦魂常常绕着琼塔雪池。她母亲的院子里就有我无数的记忆，现在虽然已不堪回首，但是房主人们都是旧友，我极愿意有几张影片留作纪念。

感情和理性可以说是反对的。现在夜深，我不由得不又让情感激动，便就无理的写了这么长一封信，费你时间，扰你精神。适之先生，我又得 apologize[2] 了。回国以后如有机会闲暇的时候，给我个把字吧，我眼看着还要充军一年半，不由得不害怕呀。

胡太太为我问好　希望将来到北京时可以见着。就此祝你

1. 指陈西滢及夫人凌叔华。

2. 道歉。

旅安

徽音寄自费城

三月十五日

三[1]

适之先生：

志摩走时嘱购绣货赠 Bell 夫妇，托先生带往燕京大学，现奉上。渠眷念 K. m. [2]之情直转到她姊姊身上，真可以表示多情厚道的东方色彩，一笑。

大驾刚北返尚未得晤面怅怅。迟日愚夫妇当同来领教。

徽因

四[3]

适之先生：

下午写了一信，今附上寄呈，想历史家必不以我这种信为怪，我为人直爽性急，最恨人家小气曲折说瞎话。此次因为叔华瞎说，简直气糊涂了。

1. 此信原无日期，根据信的内容估计该信写于上两信后。

2. 指英国女作家品瑟琳·曼斯菲尔德。

3. 写于 1931 年农历正月初一。

我要不是因为知道公超[1]。看到志摩日记，就不知道叔华[2]处会有的。谁料过了多日，向她要借看时，她倒说“遍找不得”，“在书画箱内多年未检”的话。真叫人不寒而栗！我从前不认得她，对她无感情，无理由的，没有看得起她过。后来因她嫁通伯，又有“送车”等作品，觉得也许我狗眼看低了人，始大大谦让真诚地招呼她，万料不到她是这样一个人！真令人寒心。

志摩常说：“叔华这人小气极了。”我总说：“是么？小心点吧，别得罪了她。”

女人小气虽常有事，像她这种有相当学问知名的人也该学点大方才好。

现在无论日记是谁裁去的，当中一段缺了是事实，她没有坦白地说明以前，对那几句瞎话没有相当解释以前，她永有嫌疑的。（志摩自己不会撕的，小曼尚在，可问）

关于我想着那段日记，想也是女人小气处或好奇处多事处，不过这心里太 Human[3] 了，我也不觉得惭愧。

实说，我也不会以诗人的美谀为荣，也不会以被人恋爱为辱。我永是“我”，被诗人恭维了也不会增美增能，有过一段不幸的曲折的旧历史也没有什么可羞惭。（我只是要读读那日记，给我是种满足，好奇心满足，回味这古怪的世事，纪念老朋而已。）

我觉得这桩事人事方面看来真不幸，精神方面看来这桩事或为

1. 叶公超，曾为西南联大外语系教授。

2. 凌叔华。

3. 人情。

造成志摩为诗人的原因而也给我不少人格上知识上磨练修养的帮助，志摩 in a way[1] 不悔他有这一段苦痛历史，我觉得我的一生至少没有太堕入凡俗的满足也不算一桩坏事，志摩：警醒了我，他变成一种 Stiamulant[2]。在我生命中，或恨，或怒，或 Happy，或 Sorry，[3] 或难过，或苦痛，我也不悔的，我也不 Proud[4] 我自己的倔强，我也不惭愧。

我的教育是旧的，我变不出什么新的人来，我只要“对得起”人——爹娘、丈夫（一个爱我的人，待我极好的人）、儿子、家族等等，后来更要对得起另一个爱我的人，我自己有时的心，我的性情便弄得十分为难。前几年不管对得起他不，倒容易——现在结果，也许我谁都没有对得起，您看多冤！

我自己也到了相当年纪，也没有什么成就，眼看得机会愈少——我是个兴奋 type accomplish things by sudden inspiration and master stroke，[5] 不是能用功慢慢修炼的人。现在身体也不好，家常的负担也繁重，真是怕从此平庸处世，做妻生仔地过一世！我禁不住伤心起来。想到志摩今夏的 inspiring friendship and love[6] 对于我，我难过极了。

这几天思念他得很，但是他如果活着，恐怕我待他仍不能改的。事实上太不可能。也许那就是我不够爱他的缘故，也就是我爱我现在的家在一切之上的确证。志摩也承认过这话。

---

1. 从某一方面。
2. 激励。
3. 快乐或悲伤。
4. 骄傲。
5. 我做事全凭突然降临的灵感和灵光闪现。
6. 使人振奋的友谊和爱。

徽音

二十年正月一日

五[1]

适之先生：

志摩刚刚离开我们，遗集事尚觉毫无头绪，为他的文件就有了些纠纷，真是不幸到万分，令人想着难过至极。

我觉得甚对不起您为我受了许多麻烦，又累了许多朋友也受了些许牵扰更是不应该。

事情已经如此，现在只得听之，不过我求您相信我不是个多疑的人，这一桩事的蹊跷曲折，全在叔华一开头便不痛快——便说瞎话——所致。

我这方面的事情很简单：

（一）大半年前志摩和我谈到我们英国一段事，说到他的“康桥日记”仍存在：回硖石时可找出给我看。如果我肯要，他要给我（因为他知道我留有他当时的旧信，他觉得可收藏在一起）。

（注：整三年前，他北来时，他向我诉说他订婚结婚经过，讲到小曼看到他的“雪池时代日记”不高兴极了，把它烧了的话，当时也说过。不过我尚存下我的“康桥日记”。）

（二）志摩死后，我对您说了这段话——还当着好几个人说的——在欧美同学会，奚若思成从渭南回来那天。

1. 写于 1932 年元旦。

（三）十一月廿八日星期六晨，由您处拿到一堆日记簿（有满的一本，有几行的数本，皆中文，有小曼的两本，一大一小。后交叔华由您负责取回的）有两本英文日记，即所谓Cambridge[1]日记者一本，乃从July[2]31 1921起。次本从Dec. 2nd[3]（同年）起始。至回国止者，又有一小本英文为志摩一九二五在意大利写的。此外几包晨副[4]原稿，两包晨副零张杂纸，空本子小相片，两把扇面，零零星星纸片，住址本。

（注：那天在您处仅留一小时，理诗刊稿子，无暇细看箱内零本，所以一起将箱带回细看，此箱内物是您放入的，我丝毫未动，我更知道此箱装的不是志摩平日原来的那些东西，而是在您将所有信件分人分类捡出后，单单将以上那些本子纸包子聚成这一箱的。）

（四）由您处取出日记箱后约三四日或四五日听到奚若说：公超在叔华处看到志摩的康桥日记，叔华预备约公超共同为志摩作传的。

（注：据公超后来告我，叔华是在十一月廿六日开会〈讨论悼志摩〉的那一晚上约他去看日记的。）

（五）追悼志摩的第二天（十二月七号）叔华来到我家向我要点志摩给我的信，由她编辑，成一种“志摩信札”之类的东西，我告诉她旧信全在天津，百分之九十为英文，怕一时拿不出来，拿出来也

---

1. 康桥日记。

2. 七月。

3.12 月 2 日。

4. 指当时的北京《晨报·副刊》。

不能印，我告诉她我拿到有好几本日记，并请她看一遍大概是些什么，并告诉她，当时您有要交给大雨[1]的意思，我有点儿不赞成。您竟然将全堆“日记类的东西”都交我，我又 embarrassed[2] 却又不敢负您的那种 trust[3]——您要我看一遍编个目录——所以我看东西绝对的 impersonal[4] 带上历史考据眼光。interesting only in[5] 事实的辗进变化忘却谁是谁。

最后我向她要公超所看到的志摩日记——我自然作为她不会说“没有”的可能说法，公超既已看到。（我说：听说你有志摩的康桥日记在你处，可否让我看看等等。她停了一停就可以。）

我问她“你处有几本？两本么？”

她说两——本声音拖慢，说后极不高兴。

我问：“两本是一对么？”未待答，“是否与这两本（指我处康桥日记两本）相同的封皮？”

她含糊应了些话，似乎说“是！不是，说不清”等，“似乎一本是——”现在我是绝对记不清这个答案（这句话待考）。因为当时问此话时，她的神色极不高兴，我大窘。

（六）我说要去她家取，她说她下午不在，我想同她回去，却未敢开口。

后约定星三（十二月九号）遣人到她处去取。

1. 孙大雨。

2. 不好意思。

3. 信任。

4. 非个性化的。

5. 兴趣只在。

（七）星三九号晨十一时半，我自己去取，叔华不在家，留一信备给我的，信差带复我的。

此函您已看过，她说（原文）：“昨归遍找志摩日记不得，后捡自己当年日记，乃知志摩交我乃三本：两小，一大，小者即在君处箱内，阅完放入的。大的一本（满写的）未阅完，想来在字画箱内（因友人物多，加意保全）因三四年中四方奔走，家中书物皆堆叠成山，甚少机缘重为整理，日间得闲当细捡一下，必可找出来阅。此两日内，人事烦扰，大约须此星期底才有空翻寻也。”

（注：这一篇信内有几处瞎说不必再论，即是“阅完放入”，“未阅完”两句亦有语病，既说志摩交她三本日记，何来“阅完放入”君处箱内。可见非志摩交出，乃从箱内取出问，而“阅完放入”，而有一本（？）未阅完而未放入。

此箱偏偏又是当日志摩曾寄存她处的一个箱子，曾被她私开过的（此句话志摩曾亲语我。他自叔华老太太处取回箱时，亦大喊“我锁的，如何开了，这是我最要紧的文件箱，如何无锁，怪事——”又“太奇怪，许多东西不见了 missing[1]，旁有思成 Lilian Tailor 及我三人。）

（八）我留字，请她务必找出借我一读。说那是个不幸事的留痕，我欲一读，想她可以原谅我。

（九）我觉得事情有些周折，气得通宵没有睡着，可是，我猜她推到“星期底”必是要抄留一份底子，故或需要时间（她许怕我以后不还她那日记）。我未想到她不给我。更想不到以后收到半册而这半册日记正巧断在刚要遇到我的前一两日。

（十）十二月十四日（星一）

half a book with 128 pages received（dated from Nov.17，1920 ended withsentence “it was badly planned.”）[2] 叔华送到我家来，我不在家，她留了一个 note[3] 说怕我急，赶早送来的话。

（十一）事后知道里边有古（故）事，却也未胡猜，后奚若来说叔华跑到性仁家说她处有志摩日记（未说清几本）徽音要，她不想给（不愿意给）的话，又说小曼日记两本她拿去也不想还等等，大家都替我生气，觉得叔华这样，实在有些古怪。

（十二）我到底全盘说给公超听了（也说给您听了）。公超看了日记说，这本正是他那天（离十一月廿八日最近的那星期）看到

1. 消失了。

2. 收到半本共 128 页，始自 1920 年 11 月 17 日，结尾一句是“计划得很稳”。

3. 便条。

了的，不过当时未注意底下是如何，是否只是半册未注意到，她告诉他是两本，而他看到的只是一本，但他告诉您（适之）“I refuse to be quoted”[1]底下事不必再讲了。

二十一年元日

六[2]

适之先生：

多天未通音讯，本想过来找您谈谈，把一些零碎待接头的事情一了。始终办不到。日前，人觉得甚病不大动得了，后来赶了几日夜，两三处工程图案，愈弄得人困马乏。

上星期起到现在一连走了几天协和检查身体，消息大不可人，医生和思成又都皱开眉头！看来我的病倒进展了些，医生还在商量根本收拾我的办法。

身体情形如此，心绪更不见佳，事情应着手的也复不少，甚想在最近期间能够一晤谈，将志摩几本日记事总括筹个办法。

此次，您从硖[3]。带来一部分日记尚未得见，能否早日让我一读与其他部分做个整个的Survey[4]？

据我意见看来，此几本日记，英文原文并不算好，年轻得利害，

1. 我拒绝被引用。

2. 此信无日期。

3. 硖石。

4. 考察。

将来与他“整传”大有补助处固甚多，单印出来在英文文学上价值并不太多（至少在我看到那两本中文字比他后来的作品书札差得很远），并且关系人个个都活着，也极不便，一时只是收储保存问题。

志摩作品中，诗已差不多全印出，散文和信札大概是目前最要紧问题，不知近来有人办理此事否？“传”不“传”的，我相信志摩的可爱的人格永远会在人们记忆里发亮的，暂时也没有赶紧（的）必要。至多慢慢搜集材料为将来的方便而已。

日前，Mr. E. S. Bernett 来访说 Mrs. Richard 有信说康桥志摩的旧友们甚想要他的那两篇关于《康桥》的文章译成英文寄给他们，以备寄给两个杂志刊登。The Richards 希望就近托我翻译。我翻阅那两篇东西不竟出了许多惭愧的汗。你知道那两篇东西是他散文中极好的两篇。我又有什么好英文来翻译它们。一方面我又因为也是爱康河的一个人，对康桥英国晚春景子有特殊感情的一个人又似乎很想“努力”“尝试”（都是先生的好话），并且康桥那方面几个老朋友我也认识几个，他那文章里所引的事，我也好像全彻底明白……

但是，如果先生知道有人能够十分的 do his work justice in rendering into really charming English[1]，最好仍请一个人快快地将那东西译出寄给 Richards 为妥。

身体一差伤感色彩便又深重。这几天心里万分的难过。怎办？

从文走了没有，还没有机会再见到。

湘玫又北来，还未见着。南京似乎日日有危险的可能。真糟。

1. 恰当对待他的作品，使其变成真正富有魅力的英文。

思忠[1]，在八十八师已开在南京下关前线，国“难”更“难”得迫切，这日子又怎么过！

先生这两天想也忙，过两天可否见到，请给个电话。

胡太太伤风想已好清。我如果不是因为闹协和这一场，本来还要来进“研究院”的。现在只待静候协和意旨，不进医院也得上山了。

此问

徽音拜上

著安

思成寄语问候，他更忙得不亦乐乎

1. 指梁思成四弟梁思忠，当时为炮兵少校，后在淞沪前线殉职。

致沈从文

一[1]

沈二哥：

初二回来便忙乱成一堆，莫明其所以然。文章写不好，发脾气时还要诓出韵文！十一月的日子我最消化不了，听听风，知道枫叶又凋零得不堪，只想哭。昨天哭出的几行勉强叫它做诗日后呈正。

萧先生文章甚有味。[2] 我喜欢，能见到当感到畅快。你说的是否礼拜五？如果是下午五时在家里候教，如嫌晚星六早上也一样可以的。

关于云冈现状是我正在写的一短篇，那天再赶个落花流水时当送上。

思成尚在平汉线边沿吃尘沙，星六晚上可以到家。

此问

丽安

二嫂统此

徽音拜上

---

1. 此信原件无日期，估计写于1933年11月。

2. 指萧乾写的短篇小说《蚕》。

二[1]

二哥：

怎么了？大公报到底被收拾，真叫人生气！有办法否？

昨晚我们这里忽收到两份怪报，名叫《亚洲民报》，篇幅大极，似乎内中还有文艺副刊，是大规模的组织，且有计划的，看情形似乎要《大公报》永远关门。气糊涂了我！我只希望是我神经过敏。社论看了叫人毛发能倒竖。

这日子如何"打发"？我们这国民连骨头都腐了！有消息请告一二。

徽因

三[2]

二哥：

世间事有你想不到的那么古怪，你的信来的时候正遇到我双手托着头在自恨自伤的一片苦楚的情绪中熬着。在廿四个钟头中，我前前后后，理智的，客观的，把许多纠纷痛苦和挣扎或希望或颓废的细目通通看过好几遍，一方面展开事实观察，一方面分析自己的性格情绪历史，别人的性格情绪历史，两人或两人以上互相的生活，情绪和历史，我只感到一种悲哀，失望，对自己对生活全都失望无兴趣。

1. 此信写于1935年《大公报》被扣时。

2. 此信写于1936年2月27日。

我觉到像我这样的人应该死去；减少自己及别人的痛苦！这或是暂时的一种情绪，一会儿希望会好。

在这样的消极悲伤的情景下，接到你的信，理智上，我虽然同情你所告诉我你的苦痛（情绪的紧张），在情感上我却很羡慕你那么积极那么热烈，那么丰富的情绪，至少此刻同我的比，我的显然萧条颓废消极无用。你的是在情感的尖锐上奔进！

可是此刻我们有个共同的烦恼，那便是可惜时间和精力，因为情绪的盘旋而耗废去。

你希望抓住理性的自己，或许找个聪明的人帮忙你整理一下你的苦恼或是“横溢的情感”设法把它安排妥帖一点，你竟找到我来，我懂得的，我也常常被同种的纠纷弄得左不是右不是，生活掀在波澜里盲目的同危险周旋，累得我既为旁人焦灼，又为自己操心，又同情于自己又很不愿意宽恕放任自己。

不过我同你有大不同处：凡是在横溢奔放的情感中时，我便觉到抓住一种生活的意义，即使这横溢奔放的情感所发生的行为上纠纷是快乐与苦辣对渗的性质，我也不难过不在乎。我认定了生活本身原质是矛盾的，我只要生活；体验到极端的愉快，灵质的，透明的，美丽的近于神话理想的快活，以下我情愿也随着赔偿这天赐的幸福，埋在悲痛，纠纷，失望，无望，寂寞中挨过若干时候，好像等自己的血来在创伤上结痂一样！一切我都在无声中忍受默默的等天来布置我，没有一句话说！（我且说说来给你做个参考）

我所谓极端的、浪漫的或实际的都无关系，反正我的主义是要生活。没有情感的生活简直是死！生活必须体验丰富的情感，把自己变成丰富，宽大，能优容能了解，能同情种种“人性”，能懂得自己，不苛责自己，也不苛责旁人，不难自己以所不能，也不难别人所不能，更不愿运命或是上帝，看清了世界本是各种人性混合做成的纠纷，人性又就是那么一回事，脱不掉生理。心理、环境习惯先天特质的凑合！把道德放大了讲，别裁判或裁削自己。任性到损害旁人时如果你不忍，你就根本办不到任性的事，（如果你办得到，那你那种残忍，便是你自己性格里的一点特性也用不着过分的去纠正）想做的事太多，并且互相冲突时，拣最想做——想做到顾不得旁的牺牲——的事做，未做时心中发生纠纷是免不了的，做后最用不着后悔，因为你既会去做，那桩事便一定是不可免的，别尽着罪过自己。

我方才所说到极端的愉快灵质的透明的美丽的快乐不知道你有否同一样感觉。我的确有过，我不忘却我的幸福。我认为最愉快的事都是一闪亮的在一段较短的时间内迸出神奇的——如同两个人透澈的了解：一句话打到你心里使得你理智和感情全觉到一万万分满足；如同相爱：在一个时候里，你同你自身以外另一个人互相以彼此存在为极端的幸福；如同恋爱，在那时那刻眼所见，耳所听，心所触无所不是美丽，情感如诗歌自然的流动如花香那样不知其所以。这些种种便都是一生中不可多得的瑰宝。世界上没有多少人有那机会，且没有多少人有那种天赋的敏感和柔情来尝味那经验所以就有那种机会也无用。如果有如诗剧神话般的实景，当时当事者本身却没有领会诗的情感又如何行？即使有了，只是浅俗的赏月折花的限量那又有什么话说？！转过来说，对悲哀的敏感容易也是生活中可贵处。当时当事，你也许得流出血泪，过去后那些在你经验中也是不可鄙视的创痂。（此刻说说话，我倒暂时忘记了昨天到今晚已整整哭了廿四小时中间仅仅睡着三四个钟头方才在过分的失望中颓废着觉到浪费去时间精力，很使自己感叹）在夫妇中间为着相爱纠纷自然痛苦，不过那种痛苦也是夹着极端丰富的幸福在内的。冷漠不关心的夫妇结合才是真正的悲剧！

如果在“横溢情感”和“僵死麻木的无情感”中叫我来拣一个，我毫无问题要拣上面的一个，不管是为我自己或是为别人。人活着的意义基本的是在能体验情感。能体验情感还得有智慧有思想来分别了解那情感——自己的或别人的！如果再能表现你自己所体验所了解的种种在文字上——不管那算是宗教或哲学，诗，或是小说，或是社会学论文——（谁管那些）——使得别人也更得点人生意义，那或许就是所有的意义了——不管人文明到什么程度，天文地理科学地通到哪里去，这点人性还是一样的主要一样的是人生的关键。（在一些微笑或皱眉印象上称较分量在无边际人事上驰骋细想正是一种生活）

算了吧！二哥，别太虐待自己，有空来我这里，咱们再费点时间讨论讨论它，你还可以告诉我一点实在情形。我在廿四小时中只在想自己如何消极到如此田地苦到如此如此，而使我苦得想去死的那个人自己在去上海火车中也苦得要命，已经给我来了两封电报一封信，这不是“人性”的悲剧么？那个人便是说他最不喜管人性的梁二哥！

徽因

你一定得同老金[1]谈谈，他真是能了解同时又极客观极同情极懂得人性，虽然他自己并不一定会提起他的历史。

1. 金岳霖。

四[1]

二哥：

我欠你一封信，欠得太久了！现在第一件事要告诉你的就是我们又都在距离相近的一处了。大家当时分手得那么突兀惨淡，现在零零落落的似乎又聚集起来。一切转变得非常古怪，两月以来我种种的感到糊涂。事情越看得多点，心越焦，我并不奇怪自己没有青年人抗战中兴奋的情绪，因为我比许多人明白一点自己并没有抗战，生活离前线太远，一方面自己的理智方面也仍然没有失却它寻常的职能，观察得到一些叫人心里顶难过的事。心里有时像个药罐子。

1. 此信写于1937年10月（初冬），于长沙至武昌间。在信纸开头写有：住址：长沙韭菜园教厂坪134刘宅内梁。

自你走后我们北平学社方面发生了许多叫我们操心的事，好容易挨过了俩仨星期（我都记不清有多久了）才算走脱，最后我是病的，却没有声张，临走去医院检查了一遍，结果是得着医生严重的警告——但警告白警告，我的寿命是由天的了。临行的前夜一直弄到半夜三点半，次早六时由家里出发，我只觉得是硬由北总布胡同扯出来上车拉倒。东西全弃下倒无所谓，最难过的是许多朋友都像是放下忍心的走掉，端公[1]太太、公超[2]太太住在我家，临别真是说不出地感到似乎是故意那么狠心地把她们抛下，兆和[3]也是一个使我顶不知怎样才好的，而偏偏我就根本赶不上去北城一趟看看她。我恨不得是把所有北平留下的太太孩子挤在一块走出到天津再说。可是我也知道天津地方更莫名其妙，生活又贵，平津那一节火车情形那时也是一天一个花样，谁都不保险会出什么样把戏的。

这是过去的话了，现在也无从说起，自从那时以后，我们真走了不少地方。由卢沟桥事变到现在，我们把中国所有的铁路都走了一段！最紧张的是由北平到天津，由济南到郑州。带着行李小孩奉着老母，由天津到长沙共计上下舟车十六次，进出旅店十二次，这样走法也就很够经验的，所为的是回到自己的后方。现在后方已回到了，我们对于战时的国家仅是个不可救药的累赘而已。同时我们又似乎感到许多我们可用的力量废放在这里，是因为各方面缺乏更好的组织来尽量的采用。我们初到时的兴奋，现实已变成习惯的悲感。更其糟的是

1. 钱端升。

2. 叶公超。

3. 沈从文的妻子张兆和。

这几天看到许多过路的队伍兵丁，由他们吃的穿的到其他一切一切。“惭愧”两字我嫌它们过于单纯，所以我没有字来告诉你，我心里所感触的味道。

前几天我着急过津浦线上情形，后来我急过“晋北”的情形——那时还是真正的“晋北”——由大营到繁峙代县，雁门朔县宁武原平崞县忻县一带路，我们是熟极的，阳明堡以北到大同的公路更是有过老朋友交情，那一带的防御在卢变以后一星期中我们所知道的等于是“鸡蛋”。我就不信后来赶得及怎样“了不起”的防御工作，老西儿[1]的军队更是软懦到万分见不得风的，怎不叫我跳急到万分！好在现在情形已又不同了，谢老大爷，但是看战报的热情是罪过的。如果我们再按紧一点事实的想象：天这样冷……（就不说别的！！）战士们在怎样的一个情形下活着或死去！三个月以前，我们在那边已穿过棉！所以一天到晚，我真不知想什么好，后方的热情是罪过，不热情的话不更罪过？二哥，你想，我们该怎样地活着才有法子安顿这一副还未死透的良心？

我们太平时代（考古）的事业，现时谈不到别的了，在极省检的法子下维护它不死，待战后再恢复算最为得体的办法。个人生活已甚苦，但尚不到苦到“不堪”。我是女人，当然立刻变成纯净的“糟糠”的典型，租到两间屋子，烹调、课子、洗衣、铺床，每日如在走马灯中过去。中间来几次空袭警报，生活也就饱满到万分。注：一到就发生住的问题，同时患腹泻，所以在极马虎中租到一个人家楼上的两间屋。就在火车站旁，火车可以说是从我窗下过去！所以空袭时颇

1. 指阎锡山。

不妙，多暂避于临时大学（熟人尚多见面，金甫[1]亦“高个子”如故）文艺理想都像在北海王龙亭看虹那么样，是过去中一种偶然的遭遇，现实只有一堆矛盾的现实抓在手里。

话又说多了，且乱，正像我的老样子。二哥你现在做什么，有空快给我一封信。（在汉口时，我知道你在隔江，就无法来找你一趟）我在长沙回首雁门，正不知有多少伤心呢，不日或起早到昆明长途车约七八日，天已寒冷，秋气肃杀，这路不太好走，或要去重庆再到成都，一切以营造学社工作为转移（而其间问题尚多，今天不谈了）现在因时有空袭警报，所以一天不能离开老的或小的，精神上真是苦极苦极，一天的操作也于我的身体有相当威胁。

徽因 在长沙

五[2]

二哥：

在黑暗中，在车站铁篷子底分别很有种清凉味道，尤其是走的人没有找着车位，车上又没有灯，送的打着雨伞天上落着很凄楚的雨，地下一块亮一块黑的反映着泥水洼，满车站的兵——开拔到前线的，受伤开回到后方的！那晚上很代表我们这一向所过的日子的最黯淡的底层。——这些日子表面上固然还留一点未曾全褪败的颜色。

这十天里长沙的雨更象征着一切霉湿、凄怆、惶惑的生活。那

1. 杨振声。

2. 此信写于 1937 年 11 月 9—10 日长沙至武昌间。

种永不开缝的阴霾封锁着上面的天，留下一串串继续又继续着檐漏般不痛快的雨，屋里人冻成更渺小无能的小动物，缩着脖子只在呆扭中让时间赶到头里，拖着自己半蛰伏的灵魂。接到你第一封信后我又重新发热伤风过一次，这次很规矩地躺在床上发冷，或发热，日子清苦得无法设想，偏还老那么悬着，叫人着一种无可奈何的急。如果有天，天又有意旨，我真想他明白点告诉我一点事，好比说我这种人需要不需要活着，不需要的话，这种悬着日子也不都是侈奢？好比说一个非常有精神喜欢挣扎着生存的人，为什么需要肺病，如果是需要，许多希望着健康的想念在她也就很侈奢，是不是最好没有？死在长沙雨里，死得虽未免太冷点，往昆明跑，跑后的结果如果是一样，那又怎样？昨天我们夫妇算算到昆明去，现在要不就走，再去怕更要落雪落雨发生问题，就走的话，除却旅费，到了那边时身上一共剩下三百来元，万一学社经费不成功，带着那一点点钱一家子老老小小流落在那里颇不妥当，最好得等基金方面一点消息。

可是今天居然天晴，并且有大蓝天，大白云，顶美丽的太阳光！我坐在一张破藤椅上，破藤椅放在小破廊子上，旁边晒着棉被和雨鞋，人也就轻松一半，该想的事暂时不再想它，想想别的有趣的事：好比差不多二十年前，我独自坐在一间顶大的书房里看雨，那是英国的不断的雨。我爸爸到瑞士国联开会去，我能在楼上嗅到顶下层楼下厨房里炸牛腰子同洋咸肉，到晚上又是在顶大的饭厅里（点着一盏顶暗的灯）独自坐着，垂着两条不着地的腿同刚刚垂肩的发辫）一个人吃饭一面咬着手指头哭——闷到实在不能不哭！理想的我老希望着生活有点浪漫的发生，或是有个人叩下门走进来坐在我对面同我谈话，或是同我同坐在楼上炉边给我讲故事，最要紧的还是有个人要来爱我。

我做着所有女孩做的梦。而实际上却只是天天落雨又落雨，我从不认识一个男朋友，从没有一个浪漫聪明的人走来同我玩——实际生活上所认识的人从没有一个像我所想象的浪漫人物，却还加上一大堆人事上的纠纷。

话说得太远了，方才说天又晴了，我却怎么又转到落雨上去？真糟！肚子有点饿，嗅不着炸牛腰子同咸肉，更是无法再想英国或廿年前的事，国联或其他！

方才念到你的第二信，说起爸爸的演讲，当时他说的顶热闹，根本没有想到注意近在自己身边的女儿的日常一点点小小苦痛比那种演讲更能表示他真的懂得那些问题的重要。现在我自己已做了嬷嬷，我不愿意在任何情形下把我的任何一角酸辛的经验来换他当时的一篇漂亮话，不管它有多少风趣！这也许是我比他诚实，也许是我比他缺一点幽默！

好久了，我没有写长信，写这么杂乱无系统的随笔信，今晚上写了这许多，谁知道我方才喝了些什么，此刻真是冷，屋子里谁都睡了，温度仅仅五十一度，也许这是原因！

明早再写关于沅陵及其他向昆明方面设想的信！

又接到另外一封信，关于沅陵，我们可以想想，关于大举移民到昆明的事，还是个大悬点挂在空里，看样子如果再没有计划就因无计划而在长沙留下来过冬，不过关于一切，我仍然还须给你更具体的回信一封，此信今天暂时先拿去付邮而免你惦挂。

昨天张君励老前辈来此，这人一切仍然极其“混沌”（我不叫它做天真）天下事原来都是一些极没有意思的，我们理想着一些美妙的完美结果只是处处悲观叹息着。我真佩服一些人仍然整天说着大话，自己支持着极不相干的自己以至令别人想哭！

匆匆　徽因
十一月九至十日

六[1]

二哥：

决定了到昆明，以便积极的做走的准备，本买二日票，后思成等同房梅先生把票退了，再去买时，已经连七号的都卖光了，只好买八号的。

今天中午到了沅陵。昨晚里住在官庄的。沿途景物又秀丽又雄

1. 此信于 1937 年 12 月 9 日冬沅陵至武昌间，去昆明途中，到沅陵时写。

壮时就使我们想到你二哥对这些苍翠的天，排布的深浅山头，碧绿的水和其间稍稍带点天真的人为的点缀，如何的亲切爱好，感到一种愉快。天气是好到不能更好，我说如果不是在这战期中时时心里负着一种悲伤哀愁的话，这旅行真是不知几世修来。

昨晚有人说或许这带有匪倒弄得我们心有点慌慌的，但在小旅店里灯火荧荧如豆，外边微风撼树，不由得不有一种特别情绪，其实我们很平安的到达很安静的地带。

今天来到沅陵，风景愈来愈妙，有时颇疑心有翠翠[1]这种的人物在！沅陵城也极好玩我爱极了。你老兄的房子在小山上非常别致有雅趣，原来你一家子都是敏感的有精致爱好的。我同思成带了两个孩子来找他，意外还见到你的三弟，新从前线回来，他伤已愈可以拐杖走路，他们待我们太好（个个性情都有点像你）。我们真欢喜极了，都又感到太打扰得他们有点过意。虽然，有半天工夫在那楼上廊子上坐着谈天，可是我真感到有无限亲切。沅陵的风景，沅陵的城市，同沅陵的人物，在我们心里是一片很完整的记忆，我愿意再回到沅陵一次，无论什么时候，最好当然是打完仗！

说到打仗你别过于悲观，我们还许要吃苦，可是我们不能不争到一种翻身的地步。我们这种人太无用了，也许会死，会消灭，可是总有别的法子，我们中国国家进步了，弄得好一点，争出一种新的局面，不再是低着头地被压迫着，我们根据事实时有时很难乐观，但是往大处看，抓紧信心，我相信我们大家根本还是乐观的，你说对不对？

这次分别大家都怀着深忧！不知以后事如何？相见在何日？只

1.沈从文小说《边城》中的女主人公。

要有着信心，我们还要再见的呢。

无限亲切的感觉，因为我们在你的家乡。

徽因

昆明住址云南大学王赣愚先生转

七[1]

二哥：

事情多得不可开交，情感方面虽然有许多新的积蓄，一时也不能够去清理（这年头也不是清理情感的时候），昆明的到达既在离开长沙三十九天之后，其间的故事也就很有可纪念的。我们的日子至今尚似走马灯的旋转，虽然昆明的白云优闲疏散在蓝天里。现在生活的压迫似乎比从前更有分量了。我问我自己三十年底下都剩一些什么，假使机会好点我有什么样的一句话说出来，或是什么样事好做，这种问题在这时候问，似乎更没有回答——我相信我已是一整个的失败再用不着自己过分的操心——所以朋友方面也就无话可说——现在多半的人都最惦挂我的身体。一个机构多方面受过损伤的身体实在用不着惦挂，我看黔滇间公路上所用的车辆颇感到一点同情，在中国做人同在中国坐车子一样都要承受那种的待遇，磨到焦头烂额照样有人把你拉过来推过去爬着长长的山坡，你若是懂事，多挣扎一下，也就不见得不会喘着气爬山过岭到了你最后的一个时候。

不，我这比喻打得不好，它给你的印象好像是说我整日里在忙

1. 指此信写于 1938 年春。

着服务，有许多艰难的工作做，其实，那又不然，虽然思成与我整天宣言我们愿意服务的，替政府或其他公共机关效力，到如今，人家还是不找我们做正经事，现在所忙的仅是一些零碎的私人所委托的杂务，这种私人相委的事，如果他们肯给我们一点实际的酬报，我们生活可以稍稍安定，挪点时候做些其他有价值的事也好，偏又不然，所以我仍然得另想别的办法来付昆明的高价房租，结果是又接受了教书生涯，一星期来往爬四次山坡走老远的路到云大去教六点钟的补习英文，上月净得四十余元法币，而一方面为一种我们最不可少的皮尺，昨天花了二十三元买来！

到如今我还不大明白我们来到昆明是做生意，是“走江湖”，还是做“社会性的骗子”——因为梁家老太爷的名分，人家常抬举这对愚夫妇，所以我们是常常有些阔绰的应酬需要我们笑脸的应付——这样说来，好像是牢骚，其实也不尽然，事实上就是情感良心均不得均衡！前昨日航空毕业班的几个学生谈，我几乎要哭起来，这些青年叫我一百分的感激同情，一方面我们这租来的房子墙上还挂着那位主席将军的相片看一眼，话就多了——现在不讲——天天早上那些热血的人在我们上空练习速度驱逐和格斗，底下芸芸众生吃喝得仍然有些讲究，思成不能酒，我不能牌，两人都不能烟，在做人方面已经是十分惭愧！现在昆明人才济济，哪一方面人都有云南的习惯，香港的服装，南京的风度，大中华民国的洋钱，把生活描画得十三分对不起那些在天上冒险的青年，其他更不用说了，现在我们所认识的穷愁朋友已来了许多，同感者自然甚多。

陇海全线的激战使我十分兴奋，那一带地方我比较熟习，整个心都像在那上面滚，有许多人似乎看那些新闻印象里只有一堆内地县名根本不发生感应，我就奇怪！我真想在山西随军，做什么自己可不大知道！

二哥，我今天心绪不好，写出信来怕全是不好听的话，你原谅我，我要搁笔了。

这封信暂做一个赔罪的先锋，我当时也知道朋友们一定会记挂，不知怎么我偏不写信，好像是罚自己似的——一股坏脾气发作！

徽因

致梁思庄[1]

思庄：

来后还没有给你信，旅中并没有多少时间。每写一封到北平，总以为大家可以传观，所以便不另写。连得三爷[2]、老金[3]等信，给我们的印象总是一切如常，大家都好，用不着我操什么心，或是要赶急回去的。但是出来已两周，我总觉得该回去了，什么怪时候，赶什么怪车都愿意，只要能省时候。尤其是这几天在建筑方面非常失望，所谒大寺庙不是全是垃圾，便是已代以清末简陋的不相干房子，还刷着蓝白色的“天下为公”及其他，变成机关或学校。每去一处都是汗流浃背的跋涉，走路工作的时候又总是早八至晚六最热的时间里。这三天来可真真累得不亦乐乎。吃得也不好，天太热也吃不大下。因此种种，我们比上星期的精神差多了。

上星期劳苦功高之后，必到个好去处，不是山明水秀，就是古代遗址眩目惊神，令人忘其所以！青州外表甚雄，城跨山边、河绕城下、石桥横通、气象宽朗，且树木葱郁奇高。晚间到时山风吹过，好像满有希望，结果是一无所得。临淄更惨，古刹大佛有数处。我们

1. 此信写于1936年夏，寄自山东。梁思成三妹思庄当时刚刚丧偶，从广东带幼女北上暂住梁家。

2. 指林徽因三弟林恒。

3. 金岳霖。

冒热出火车，换汽车、洋车[1]，好容易走到，仅在大中午我们已经心灰意懒时得见一个北魏石像！庙则统统毁光！

你现在是否已在北屋暂住下，Boo[2]住哪里？你请过客没有？如果要什么请你千万别客气，随便叫陈妈预备，思马一[3]外套取回来没有？天这样热，I can't quite imagine[4]人穿它！她的衣料拿去做了没有？都是挂念。

匆匆

二嫂

整天被跳蚤咬得慌，坐在三等火车中又不好意思伸手在身上各处乱抓，结果浑身是包！

1. 即黄包车。

2. 梁思庄女儿吴荔明的乳名。

3. 梁思成五妹思懿的绰号。

4. 我简直不能想象。

给梁再冰[1]

宝宝：

妈妈不知道要怎样告诉你许多的事，现在我分开来一件一件的讲给你听。

第一，我从六月二十六日离开太原到五台山去，家里给我的信就没有法子接到，所以你同金伯伯、小弟弟所写的信我就全没有看见（那些信一直到我到了家，才由太原转来）。

第二，我同爹爹不止接不到信，连报纸在路上也没有法子看见一张，所以日本同中国闹的事情也就一点不知道！

第三，我们路上坐大车同骑骡子：走得顶慢，工作又忙，所以到了七月十二日才走到代县，有报，可以打电报的地方，才算知道一点外面的新闻。那时候，我听说到北平的火车，平汉路同同蒲路已然不通，真不知道多着急！

第四，好在平绥铁路没有断，我同爹就慌慌张张绕到大同由平绥路回北平。现在我画张地图你看看，你就可以明白了。

请看第二版第三版

注意万里长城、太原、五台山、代县、雁门关、大同、张家口

1. 林徽因与梁思成 1937 年 6 月下旬到山西五台山地区考察，发现了国内当时最古的木构建筑佛光寺。他们于 7 月中出山后才知道发生了“卢沟桥事变”。急忙绕道平绥线回到北平。不满八岁的女儿当时正随大姑母和表姐、表哥等在北戴河海滨过暑假。

等地方，及：

平汉铁路

正太铁路

平绥铁路

你就可以明白一切

第五，（现在你该明白我走的路线了）我要告诉你我在路上就顶记挂你同小弟，可是没法子接信。等到了代县一听见北平方面有一点战事，更急得了不得。好在我们由代县到大同比上太原还近，由大同坐平绥路火车回来也顶方便的（看地图）。可是又有人告诉我们平绥路只通到张家口，这下子可真急死了我们！

第六，后来居然回到西直门站（不能进前门车站）我真是喜欢得不得了。清早七点钟就到了家，同家里人同吃早饭，真是再高兴没有了。

第六[1]，现在我要告诉你这一次日本人同我们闹什么。

你知道他们老要我们的“华北”地方，这一次又是为了点小事就大出兵来打我们！现在两边兵都停住，一边在开会商量“和平解决”，以后还打不打谁也不知道呢。

第七，反正你在北戴河同大姑、姐姐哥哥们一起也很安稳的，我也就不叫你回来。我们这里一时也很平定，你也不用记挂。我们希望不打仗事情就可以完；但是如果日本人要来占北平，我们都愿意打仗，那时候你就跟着大姑姑那边，我们就守在北平，等到打胜了仗再说。我觉得现在我们做中国人应该要顶勇敢，什么都不怕，什么都顶

---

1. 原信如此。

有决心才好。

第八，你做一个小孩，现在顶要紧的是身体要好，读书要好，别的不用管。现在既然在海边，就痛痛快快的玩。你知道你妈妈同爹爹都顶平安的在北平，不怕打仗，更不怕日本。过几天如果事情完全平下来，我再来北戴河看你，如果还不平定，只好等着。大哥[1]三姑[2]过两天就也来北戴河，你们那里一定很热闹。

第九，请大姐多帮你忙学游水。游水如果能学会了，这趟海边的避暑就更有意思了。

第十，要听大姑姑的话。告诉她爹爹妈妈都顶感谢她照应你，把你“长了磅”。你要的衣服同书就寄来。

妈妈

1.2. 指梁再冰的大表哥、大表姐。

致费正清 费慰梅[1]

一

**1934 年，沈从文曾陷入一场感情危机，他像对长姊一样向林徽因倾诉自己的苦恼——

要是我写一篇故事，有这般情节，并（像他那样）为之辩解，人们会认为我瞎编，不近情理。可是，不管你接不接受，这就是事实。而恰恰又是他，这个安静、善解人意、“多情”而又“坚毅”的人，一位小说家，又是如此一个天才。他使自己陷入这样一种感情纠葛，像任何一个初出茅庐的小青年一样，对这种事陷于绝望。他的诗人气质造了他自己的反，使他对生活和其中的冲突茫然不知所措，这使我想到雪莱，也回想起志摩与他世俗苦痛的拼搏。可我又禁不住觉得好玩。他那天早上竟是那么的迷人和讨人喜欢！而我坐在那里，又老又疲惫地跟他谈、骂他、劝他，和他讨论生活及其曲折，人类的天性、其动人之处及其中的悲剧、理想和现实！

过去我从没想到过，像他那样一个人，生活和成长的道路如此

1. 在这批林徽因用英文写给费正清、费慰梅夫妇的信中，有一部分曾被费慰梅摘录在她所著的《梁思成与林徽因》（Liang and Lin 1994 美国宾夕法尼亚大学出版社出版）一书中。凡在信前有 * 号原来都是英文，其中有 ** 号的系直接引自 Liang and Lin 一书。除特别注明外，这些信都由梁从诫译。

地不同，竟然会有我如此熟悉的感情，也被在别的景况下我所熟知的同样的问题所困扰。这对我是一个崭新的经历，而这就是为什么我认为普罗文学毫无道理的缘故。好的文学作品就是好的文学作品，而不管其人的意识形态如何。今后我将对自己的写作重具信心，就像老金一直期望于我和试图让我认识到其价值的那样。万岁！

二

**1935 年，林徽因在北京香山养病期间——

听到一段当我还是个小姑娘时在横渡印度洋回家的船上所熟悉的乐曲——好像那月光、舞蹈表演、热带星空和海风又都涌进了我的心灵，而那一小片所谓的青春，像一首歌中轻快而短暂的一瞬，幻影般袭来，半是悲凉、半是光彩，却只是使我茫然。

三

** 同年，林徽因同父异母弟弟林恒来到北京，住在梁家。引起林的生母与这个“儿子”之间的一场危机——

三天来我自己的母亲简直把我逼进了人间地狱。这话一点也不过分。头一天我发现母亲有点体力不支，家里有种不祥的气氛。我只好和我的异母弟弟深谈过去，以建立一种相互了解并使目前这种密切来往能够维持下去。

这搞得我筋疲力尽并深受伤害，到我临上床时真恨不得去死或从来没有出生在这么个家庭里过……我知道自己其实是个幸福而走运的人，但是早年的家庭战争已使我受到了永久的创伤，以致如果其中任何一点残痕重现。就会让我陷入过去的厄运之中。

四

**1935 年末，日军全面侵略已近在眉睫，梁、林准备南迁——

思成和我已经为整理旧文件和东西花了好几个钟头了。沿着生活的轨迹，居然积攒了这么多的杂七杂八！看着这堆往事的遗存，它们建立在这么多的人和这么多的爱之中，而当前这些都正在受到威胁，真使我们的哀愁难以言表。特别是因为我们正凄惨地处在一片悲观的气氛之中，前途渺茫……

如果我们民族的灾难来得特别迅猛而凶暴，我们也只能以这样或那样迅速而积极的方式去回应。当然会有困难和痛苦，但我们不会坐在这里握着空拳，却随时让人威胁着羞辱我们的“脸面”。

五

**1935 年圣诞节，费氏夫妇离开北京回国。他们走后收到林的第一封信——

自从你们两人来到我们身边，并向我注入了新的活力和对生活以及总体上对未来的新看法以来，我变得更加年轻、活泼和有朝气了。每当我回想起今年冬天我所做过的每一件事，我自己都会感到惊讶并充满感激之情。

你们知道，我是在双重文化的教养下长大的，不容否认，双重文化的接触与活动对我是不可少的。在你们俩真正在（北总布胡同）3号进入我们的生活之前，我总是觉得若有所失，缺了点什么，有一种精神上的贫乏需要营养，而你们的“蓝色书信”充分地补足了这一点。另一方面，我在北京的朋友都比我年岁大，比我老成。他们提供不了多少乐趣，反而总是要从思成和我身上寻求灵感和某些新鲜东西。我常有枯竭之感。

今秋或初冬的那些野餐、骑马（还有山西之行）使我的整个世界焕然一新。试想如果没有这些，我如何能熬过我们民族频繁的危机所带来的紧张、困惑和忧郁？骑马也有其象征意义。在我总认为都是日本人和他们的攻击目标的齐化门[1]外，现在我可以看到农村小巷和在寒冬中的广袤的原野，散布着银色的纤细枯枝，寂静的小庙和人们可以怀着浪漫的自豪偶尔跨越的桥。

六

**** 慰梅，慰梅，慰梅**

1. 即今北京市朝阳门。

（信封上我得写给费正清，因为这对于白莉奥[1]来说更合适些）

自从收到你上封让人高兴的信以来，我一直情绪高涨，现在又来了一封，我必须马上回你。很长时间我没有（或不能）给你们写信，因为这中间有个“时间差”，那是因为你们的信不是经西伯利亚邮来的，以致一封信要走五十天（只有后来的一封稍为快一点）。所以好些事弄得让人非常扫兴。我们特别喜欢那些关于各种各样事情的“打字报告”，只是感情上还有点不够满足。

看来你对我的生活方式——到处为他人作嫁，操很多的心而又缺乏锻炼等等——很担心。是啊，有时是一事无成，我必须为一些不相干的小事操劳和浪费时间，直到——我的意思是说，除非命运对我

1. 原信为手写。

发慈悲而有所改变。看来命运对于作为个人的菲丽丝[1]不是很好，但是对于同一个人，就其作为一名家庭成员而言的各个方面来说，还相当不错。天气好极了，每间屋子都重新裱糊过、重新布置并装修过了，以期日子会过得更像样些。让我给你画张图，告诉你是怎么回事[2]。

慰梅，慰梅，我给你写什么新闻还有什么用——就看看那些床吧！它们不叫人吃惊吗！可笑的是，当它们多多少少按标出的公用地点摆放到一起之后，他们会一个接一个地要吃早点，还要求按不同的样式在她的或他的房间里喝茶！下次你到北京来，请预订梁氏招待所！

我要开始另一页了。

此刻孩子们从学校回来了，他们非要看这张“床铺图”，还要认出他们自己的床等等、等等。宝宝总是挑剔她的衣服，因为天气已经热了。海伦的衬衫已经有点过时。从诫从道丽的绿衣服里得到一条短灯笼裤，很帅。

不，不，不，我不能让你认为我已陷入了家务琐事之中——我想，

1.Phyllis 林徽因英文名。

2.以下林徽因画了一张当时梁宅——即北京北总布胡同 3 号的平面图，名曰《床铺图》，注明每间屋子什么人住，放了几张床（图中方向为上南下北）。下面林徽因写道：“答案：当一个‘老爷’娶了一个‘太太’，他们要提供 17 张床和 17 套铺盖，还要让黄包车夫睡在别人家，不然他只能在院子里站着。

“当年除梁、林两个子女和林老太太外，还有五六位亲戚朋友常住梁家，信中所说早饭、喝茶等等就是指他们。当时梁家共有包括厨师和黄包车夫内的六个佣人。”

图中北耳房是厕所，林徽因注：“自用；浴室；厕所和更衣室；书房；办公室；起居室（非常高兴我总算有一间属于自己的房间！）”

图中梁、林的卧室注：“1 个老爷；1 个太太。亚地斯亚贝巴，意大利军队正在逼进。”1936 年 5 月，墨索里尼统治下的意大利法西斯军队正在入侵阿比西尼亚（今埃塞俄比亚），兵临其首都亚地斯亚贝巴城下。

当“Joie de vivre”[1]占据了我的身心时，我还有别的方面。虽然这种情况不多，但还是有的！

是的。我当然懂得你对工作的态度。我也是以这种态度工作的，虽然有时候和你很不一样。当那是“Joie de vivre 的纯粹产物”时，我的成绩也最好。最认真的成绩是那些发自内心的快乐或悲伤的产物，是当我发现或知道了什么，或我学会了去理解什么而急切地要求表达出来，严肃而真诚地要求与别人共享这点秘密的时候的产物。对于我来说，“读者”并不是“公众”，而是一些比我周围的亲戚朋友更能理解和同情我的个人，他们急于要听我所要说的，并因我之所说的而变得更为悲伤或更欢乐。当我在做那些家务琐事的时候，总是觉得很悲哀，因为我冷落了某个地方某些我虽不认识，对于我却更有意义和重要的人们。这样我总是匆匆干完手头的活，以便回去同别人“谈话”，并常常因为手上的活老干不完，或老是不断增加而变得很不耐烦。这样我就总是不善于家务，因为我总是心不在焉，心里诅咒手头的活（尽管我也可以从中取乐并且干得非常出色）。另一方面，如果我真的在写作或做类似的事，而同时意识到我正在忽视自己的家，便一点也不感到内疚，事实上我会觉得快乐和明智，因为做了更值得做的事——只有在我的孩子看来生了病或体重减轻时我才会感到不安，半夜醒来会想我这么做究竟是对还是不对。

我的英文越来越糟糕和荒疏。我要停笔了，等到下一次“Joie de vivre”降临和我的英文真的利落一点的时候再写。

宝宝给你写了无数的信，现在寄给你一封。

1.“生活的欢乐”原文为法文。——原译注。

告诉费正清，我的文章老也写不成，上帝才知道为什么我还在想完成它。先别生我的气，为我祈祷吧。

爱你、爱你、爱你

菲丽丝

1936 年 5 月 7 日

你们俩要多写中文，只要你们提出要求，我们都会帮助的。

七

**1936 年初秋，梁、林同往洛阳龙门和山东调查

我径坐在龙门最大的露天石窟下面，九尊最大的雕像以各种安详而动感的姿态或坐或立地盯着我看（我也盯着他们！）……我完全被只有在这种巨大的体验中才会出现的威慑力给镇住了。

……

我们再次像在山西时那样辗转于天堂和地狱之间。我们为艺术和人文景物的美和色彩所倾倒，却更多地为我们必须赖以食宿（以便第二天能有精力继续工作）之处的肮脏和臭气弄得毛骨悚然、心灰意懒。我老忘不了慰梅爱说的名言，“恼一恼，老一老”——事实上我坚守这个明智的说法，以保持我的青春容貌……这次旅行使我们想起我们一起踩着烂泥到（山西）灵石去的欢乐时刻。

八

** 抗日爆发后，1937 年 11 月梁家在南迁途中，暂住长沙——

在日机对长沙的第一次空袭中，我们的住房就几乎被直接击中。炸弹就落在距我们的临时住房大门十五码的地方，在这所房子里我们住了三间。当时我们——外婆、两个孩子、思成和我都在家。两个孩子都在生病。没人知道我们怎么没有被炸成碎片。听到地狱般的断裂声和头两响稍远一点的爆炸，我们便往楼下奔，我们的房子随即四分五裂。全然出于本能，我们各抓起一个孩子就往楼梯跑，可还没来得及下楼，离得最近的炸弹就炸了。它把我抛到空中，手里还抱着小弟，再把我摔到地上，却没有受伤。同时房子开始轧轧乱响，那些到处都是玻璃的门窗、隔扇、屋顶、天花板、全都坍了下来，劈头盖脑地砸向我们。我们冲出旁门，来到黑烟滚滚的街上。

当我们往联合大学的防空壕跑的时候，又一架轰炸机开始俯冲。我们停了下来，心想这一回是躲不掉了，我们宁愿靠拢一点，省得留下几个活着去承受那悲剧。这颗炸弹没有炸，落在我们正在跑去的街道那头。我们所有的东西——现在已经不多了——都是从玻璃碴中捡回来的。眼下我们在朋友那里到处借住。

每天晚上我们就去找那些旧日的“星期六朋友”，到处串门，想在那些妻儿们也来此共赴国难的人家中寻求一点家庭温暖。在空袭之前我们仍然常常聚餐，不在饭馆，而是在一个小炉子上欣赏我自己的手艺，在那三间小屋里我们实际上什么都做，而过去那是要占用整整一栋北总布胡同三号的。我们交换着许多怀旧的笑声和叹息，

但总的说来我们的情绪还不错。

我们已经决定离开此处到云南去……我们的国家仍没有组织到可使我们对战争能够有所效力的程度，以致至今我们还只是“战争累赘”而已。既然如此，何不腾出地方，到更远的角落里去呢。有朝一日连那地方（指昆明）也会被轰炸的，但眼下也没有更好的地方可去了。

九

**** 在从长沙前往昆明途中，林徽因病倒在湘贵交界的晃县，高烧四十度，两周后勉强退烧……**

我们在令人绝望的情况下又重新上路。每天凌晨一点，摸黑抢着把我们少得可怜的行李和我们自己塞进长途车，到早上十点这辆车终于出发时，已经挤上二十七名旅客。这是个没有窗子、没有点火器、样样都没有的玩意儿，喘着粗气、摇摇晃晃、连一段平路都爬不动，更不用说又陡又险的山路了。

十

1937 年 12 月 24 日深夜，他们所乘的长途汽车在土匪出没著称的“七十二盘”顶上突然“抛锚”，全家人摸黑走了一段山路之后……

又一次，奇迹般地，我们来到峭壁边上的一片房子，让我们进去过夜……此后，又有关于这些破车、意外的抛锚、臭烘烘的小客栈等等的一个又一个插曲。间或面对壮丽的风景，使人比任何时候都更加心疼。玉带般的山涧、秋山的红叶和发白的茅草，飘动着的白云、古老的铁索桥、渡船，以及地道的中国小城，这些我真想仔细地一桩桩地告诉你，可能的话，还要注上我自己情绪上的特殊反应。

十一

到昆明后。梁、林在晃县邂逅的那批飞行员从航校毕业。开始正式在空军服役。其中一位座机在一次空战中迫降在广西边境……

直到第三天早晨，他才乘一趟慢车回到昆明。在他失踪的两天夜里我们都睡不好觉，但又看到他，只是下巴受了点轻伤，真是喜出望外。了解到这次空战的一手消息和结果，而全城对此都还浑然不知。

这八个孩子士气很高、心地单纯，对我们的国家和这场战争抱着直接和简单的信心，他们的身体都健康得叫人羡慕。他们所受的训练就是让他们在需要时能够不假思索使用自己的技能并献出自己的生命。他们个个都沉默寡言。

不知怎么，他们都以一种天真的孩子气依恋着我们。我们之间产生了很深的亲情。他们来看我们或给我们写信，好像是他们的家里人。其中很多人去了前线，有的则在昆明保卫着我们的生命。有一位我告诉过你的，小提琴拉得很好，人特别可爱。最近决定要结婚了。不要问我如果他结了婚又出了事，他的女朋友会怎样。我们就是无法回答这类问题。

十二

**** 亲爱的慰梅和费正清：**

读着你们 8 月份最后一封信使我热泪盈眶地再次认识到你们对我们所有这些人的不变的深情，这深情带有你们的人格特点，而我们，经过这么长久的沉默，又如此天各一方，真觉得自己配不上这份情意。种种痛苦、欢乐和回忆泉涌而来，哽在我的眼底、鼻间和喉头。那是一种欣慰的震撼，却把我撕裂，情不自禁地泪如雨下。我甚至不能像爱丽丝那样在自己的泪水里游泳。如果那里面有一股感伤的潮流，泪水就会把我淹死。

我赶巧生病了，或者说由于多日在厨房里奋斗使我头疼如裂，只得卧床休息。老金把你们的信从城里带来给我，他不经意地把信在我面前晃了晃。天已经快黑了，我刚读了第一段，泪水就模糊了我的视线，我实在忍不住。我的反应是：慰梅仍然是那个“慰梅”。不管这意味着什么，我无法表达，只能傻子似的在我的枕头上哭成一团。老金这时走进已经暗下来的屋子，使事情更加叫人心烦意乱。他先是说些不相干的事，然后便说到那最让人绝望的问题——即必须立即做出决定，教育部已命令我们迁出云南，然后就谈到了我们尴尬的财政状况。我根本没有明白他在说些什么，直到说起他不知怎么有了一百美元，而这笔钱我们——梁家可以用等等。思成立即问他是不是因为写了一篇英文文章得到了这笔钱，他不承认。到此我已猜出了真相。他从来不善说谎或搞什么阴谋。我们很清楚你们两人能够为我们做什么。所以我立刻明白了这阴谋之所在。于是我禁不住像爱丽丝一样嚎啕大哭起来。既然如此，那你也就得听我讲讲我那辛酸的故事。

在我继续往下讲之前，你们得先明白两点。第一，也是最重要的，你和费正清首先绝对是少有的最亲近和最亲爱的那种人，第二，你们的礼物来得正是我们最最需要它的时候，这使我们更加心情激动并特别特别感激。你们怎么会为我们想得这么周到。在大洋此岸的芸芸众生之中，作为受惠者我们觉得自己是多么微不足道。泪水不足以表达我此时的感受。我只因为无力表达所有积在心中使我窒息的感受而感到麻木和极度疲倦。如果有什么能向你们表达，那就是——无言。

读了你们最后的来信使我想，我最近给你们的信是不是无意中太无条理、太轻率了。如果是这样，请原谅我。我想不论告诉你们什么事都保持一种合理的欢乐语气，而我又并不是对什么事都那么乐观的，尽管有些事并不乏某些喜剧色彩，其结果可能就使得我的信有一种不协调的轻浮和无条理。现实往往大使人痛苦。不像我们亲爱的老金，以他具有特色，富于表现力的英语能力和丰富的幽默感，以及无论遇到什么事都能处变不惊的本领，总是在人意想不到的地方为朋友们保留着一片温暖的笑。我很怕如果放任自己这样写下去，这封信将会灾难性地变得又长又枯燥，塞满生硬的细节而无法解脱。

很难言简意赅地在一封信里向你们描述我们生活的情景。形势变化极快，情绪随之起伏。感情上我们并不特别关注什么，只是不过随波逐流，同时为我们所珍惜，认为生活中所不可或缺的某些最好的东西感到朦胧的悲伤。这种感觉在这里是无价的和不可缺少的。在我们谈话时总是不经意地提到慰梅和费正清，并把他们放在显著的地位。

你们这封信来到时正是中秋节前一天，天气开始转冷，天空布满越来越多的秋天的泛光，景色迷人。空气中飘满野花香——久已忘却的无数最美好的感觉之一。每天早晨和黄昏，阳光从奇异的角度偷偷射进在这个充满混乱和灾难的无望的世界里人们仍然意识到安静和美的那种痛苦的感觉之中。战争，特别是我们自己的这场战争，正在前所未有地阴森森地逼近我们，逼近我们的皮肉、心灵和神经。而现在却是节日，看来更像是对——逻辑的一个讽刺（别让老金看到这句话）[1]。

老金无意中听到了这一句，正在他屋里咯咯地笑，说把这几个同放在一起毫无意义。不是我要争辩，逻辑这个词就应当常像别的词一样被用得轻松些，而不要像他那样，像个守财奴似的把它包起来。

1. 金岳霖是逻辑学教授。

老金正在过他的暑假，所以上个月跟我们一起住在乡下。更准确地说，他是和其他西南联大的教授一样，在这个间隙中“无宿舍”。他们称之为“假期”，不用上课，却为马上要迁到四川去而苦恼、焦虑。

我们正在一个新建的农舍中安下家来。它位于昆明市东北八公里处一个小村边上，风景优美而没有军事目标。邻接一条长堤，堤上长满如古画中的那种高大笔直的松树。我们的房子有三个大一点的房间，一间原则上归我用的厨房和一间空着的佣人房，因为不能保证这几个月都能用上佣人，尽管理论上我们还请得起，但事实上超过了我们的支付能力（每月七十美元左右）。这个春天，老金在我们房子的一边添盖了一间“耳房”。这样，整个北总布胡同集体就原封不动地搬到了这里，可天知道能维持多久。

出乎意料地，这所房子花了比原先告诉我们的高三倍的钱。所以把我们原来就不多的积蓄都耗尽了，使思成处在一种可笑的窘境之中（我想这种表述方式大概不大对头）。在建房的最后阶段事情变得有些滑稽，虽然也让人兴奋。所有在我们旁边也盖了类似房子的朋友[1]，高兴地互相指出各自特别啰嗦之处。我们的房子是最晚建成的，以致最后不得不为争取每一块木板、每一块砖，乃至每根钉子而奋斗。为了能够迁入这个甚至不足以“蔽风雨”——这是中国的经典定义，你们想必听过思成的讲演的——屋顶之下，我们得亲自帮忙运料，做木工和泥瓦匠。

无论如何，我们现在已经完全住进了这所新房子，有些方面它

1. 当时在龙头村自建这种土坯小房的还有原中央博物院考古学家李济、西南联大政治学教授钱端升等。

也颇有些美观和舒适之处。我们甚至有时候还挺喜欢它呢。但看来除非有慰梅和费正清来访，它总也不能算完满。因为它要求有真诚的朋友来赏识它真正的内在质量。我必须停下了，将把其余的八页手写稿打出来。因为老金等着要把他给道丽的信寄走。我没有机会给她写信了，但我很想写。

向在美国，特别是在温丝罗普街[1]的朋友们致以我最真诚的爱……[2]等你下次来信时我也许已不在这所房子，甚至不在这个省里了，因为我们将乘硬座长途汽车去多山的贵州，再到四川。

爱你的菲丽丝

1940年9月20日昆明

十三

最亲爱的慰梅和费正清[3]：

九月间我给你们写了一封很长很长的信，其中一半是打字的并已经寄出。后来又有一封短笺，介绍某位卞先生，他写了一篇短篇小说，想请你们帮助。这些天我始终有一种要给你们写信的冲动，但总是忙于一些你们按我过去的生活所不能完全理解的事，所以总是拖了下来。这让我非常伤心。有那么多的事值得向你们讲，不是关于我们

1. 费慰梅和费正清在美国康州坎布里奇市住宅所在街名。
2. 因原信此外字迹不清故省略。——译注
3. 写此信时，梁、林为躲避日军轰炸，住在昆明郊外龙头村。

自己，而是关于各种各样的朋友的，他们有过各种各样的工作和新的生活境遇。现在战争已经进行了三年多——你们很难想象这意味着什么。

我的心依然强烈地和在美国家中的你们联系在一起，我们这样长久地分离有时真叫人难以忍受。尽管我们对所收集到任何一点报纸消息满怀希望，但是看来这场可怕的战争离结束还很远。日本鬼子消耗得差不多了，但还没消耗到能让我们高兴的程度。我不是一个老往后看的人，即便这样我现在也总是想家，而我们现在要到四川去了！那会不会又是两三年的事呢？时间好像在拖延。

轰炸越来越厉害，但是不必担心，我们没有问题。我们逃脱的机会比真的被击中的机会要多。我们只是觉得麻木了，但对可能的情况也保持着警惕。日本鬼子的轰炸或歼击机的扫射都像是一阵暴雨，你只能咬紧牙关挺过去，在头顶还是在远处都一个样，有一种让人呕吐的感觉。可怜的老金[1]每天早晨在城里有课，常常要在早上五点半从这个村子出发，而还没来得及上课空袭就开始了，然后就得跟着一群人奔向另一个方向的另一座城门、另一座小山，直到下午五点半，再绕许多路走回这个村子，一整天没吃、没喝、没工作、没休息，什么都没有！这就是生活。乔治[2]蠢到会为了家事跑回上海，结果被日本鬼子抓了起来，在监狱里挨了打，经历了可怖的事。他的妻子还在这里，我们刚把她送往香港。乔治已被释放，但在监视之下什么时候能回到这边还很难说。这也是生活。但是朋友“Icy heart”却将飞往重庆去做官（再没有比这更无聊和无用的事了），她全家将乘飞机，家当将由一辆靠拉关系弄来的注册卡车全部运走，而时下成百有真正重要职务的人却因为汽油受限而不得旅行。她对我们国家一定是太有价值了！很抱歉，告诉你们这么一条没劲的消息！这里的事情各不相同，有非常坚毅的，也有让人十分扫兴和无聊的。这也是生活。

我们将乘卡车去四川，三十一个人，从七十岁的老人到一个刚出生的婴儿挤一个车厢，一家只准带八十公斤行李……[3]而我将离开这些认识了十年的朋友，这太……

1949 年 11 月

1. 老金，指金岳霖。

2. 即叶公超。

3. 原信不清故省略。

十四

1941年8月，蛰居川西小镇李庄的林徽因眼见大队日机凌空飞过——

尽管我百分之百地肯定日本鬼子绝对不会往李庄这个边远小镇扔炸弹，但是，一个小时之前这二十七架从我们头顶轰然飞过的飞机仍然使我毛骨悚然——有一种随时都会被炸中的异样的恐惧。它们飞向上游去炸什么地方，可能是宜宾，现在又回来，仍然那么狂妄地、带着可怕的轰鸣和险恶的意图飞过我们的头顶。我刚要说这使我难受极了，可我忽然想到，我已经病得够难受了，这只是一时让我更加难受，温度升高、心跳不舒服地加快……眼下，在中国的任何角落也没有人能远离战争。不管我们是不是在进行实际的战斗，也和它分不开了。

……我们很幸运，现在有了一个农村女佣，她人好，可靠，非常年轻而且好脾气，唯一缺点是精力过剩。要是你全家五口只有七个枕套和相应的不同大小和质地的床单，而白布在市场上又和金箔一样难得，你就会在看到半数的床单和两个枕套在一次认真地洗涤之后成了布条，还有衬衫一半的扣子脱了线，旧衬衫也被揉搓得走了形而大惊失色。这些衬衫的市价一件在四十美元以上。在这个女佣人手里各种家用器皿和食物的遭遇都是一样的。当然我们尽可能用不会打碎的东西，但是看来没有什么是不会碎的，而且贵得要命或无可替换……

思成是个慢性子，愿意一次只做一件事，最不善处理杂七杂八的家务。但杂七杂八的事却像纽约中央车站任何时候都会到达的各线火车一样冲他驶来。我也许仍是站长，但他却是车站！我也许会被碾死，他却永远不会。老金（正在这里休假）是那样一种过客，他或是来送客，或是来接人，对交通略有干扰，却总能使车站显得更有趣，使站长更高兴些。

金岳霖附言：

当着站长和正在打字的车站，旅客除了眼看一列列火车通过外，竟茫然不知所云、也不知所措。我曾不知多少次经过纽约中央车站，却从未见过那站长。而在这里却实实在在地既见到了车站又见到了站长。要不然我很可能会把它们两个搞混。

梁思成在信的末尾写道：

现在轮到车站了：其主梁因构造不佳而严重倾斜，加以协和医院设计和施工的丑陋的钢铁支架经过七年服务已经严重损耗[1]，从我下面经过的繁忙的战时交通看来已经动摇了我的基础。

十五

1943年春，研究中国古代科技史的英国学者李约瑟来到李庄访问中央研究院历史语言研究所、中央博物院和中国营造学社

李约瑟教授刚来过这里，吃够了炸鸭子，已经走了。开始时人

1. 梁早年因车祸脊椎受伤，一直穿着协和医院特制的钢马甲。——译注

们打赌说李教授在李庄时根本不会笑。我承认李庄不是一个会让人过分兴奋的地方，但我们还是有理由期待一个在战争时期不辞辛苦地为了他所热爱的中国早期科学而来到中国的人会笑一笑。终于，在这位著名教授和梁先生及夫人（当时卧病在床）见面时露出了笑容。他说他非常高兴，因为梁夫人的英语竟有爱尔兰口音。而我从不知道英国人对爱尔兰还有如此好感。据说最后一天下午，在中央博物院的院子里受到茶点招待时他更为活跃。可见英国人爱茶之甚。

以下写到梁思成成功地使平时有隙的两位中研院著名学者陶孟和与傅斯年在李约瑟的讲演会上当众握手言和，有人开玩笑说梁应当获诺贝尔和平奖……

在读了托尔斯泰关于1812到1815年在彼得堡和莫斯科之间的各色人等的详尽描写之后，我必须承认，在1922和1943年之间，李庄、重庆或昆明或北平或上海的各种人物，与《战争与和平》中所描写的一个世纪以前，甚至在遥远的俄罗斯的人们是何等地相似。所以，为什么不让他们都和解呢——我是一般地指生活和人们。

顺便说起，我读的书种类繁多，包括《战争与和平》、《通往印度之路》、《狄斯累利传》、《维多利亚女王》、《元代宫室》（中文的）、《北京清代宫殿》、《宋代堤堰及墓室建筑》、《洪氏年谱》、《安那托里·费朗西斯外传》、《卡萨诺瓦回忆录》、莎士比亚、纪德、萨缪尔·巴特勒的《品牌品牌品牌》，梁思成的手稿、小弟的作文、

和孩子们爱读的《爱丽丝漫游奇境记》中译本。

十六

** 第二次世界大战结束后，1946 年 1 月林徽因自重庆致信费正清——[1]

正因为中国是我的祖国，长期以来我看到它遭受这样那样罹难，心如刀割。我也在同它一道受难。这些年来，我忍受了深重的苦难。一个人一生经历了一场接一场的革命，一点也不轻松。正因为如此，每当我觉察有人把涉及千百万人生死存亡的事等闲视之时，就无论如

1. 此信为萧乾译。

何也不能饶恕他……我作为一个“战争中受伤的人”行动不能自如，心情有时很躁。我卧床等于四年，一心盼着这个“胜利日”。接下去是什么样，我可没去想。我不敢多想。如今，胜利果然到来了，却又要打内战，一场旷日持久的消耗战。我很可能活不到和平的那一天了（也可以说，我依稀间一直在盼着它的到来）。我在疾病的折磨中就这么焦躁烦躁地死去，真是太惨了。

十七

1946 年 2 月，林徽因带病重访昆明。当时费慰梅在重庆美国使馆新闻处工作，林在给她的信中写道——

我终于又来到了昆明！我来这里是为了三件事，至少有一件总算彻底实现了。你知道，我是为了把病治好而来的，其次，是来看看这个天气晴朗、熏风和畅、遍地鲜花、五光十色的城市。最后但并非最不关重要的，是和我的老朋友们相聚，好好聊聊。前两个目的还未实现，因为我的病情并未好转，甚至比在重庆时更厉害了——一到昆明我就卧床不起。但最后一件我的享受远远超过了我的预想。这次重逢所带给我的由衷的喜悦，甚至超过了我一个人在李庄时最大的奢望。我们用了十一天才把在昆明和在李庄这种特殊境遇下大家生活中的各种琐碎的情况弄清楚，以便现在在我这里相聚的朋友的谈话能进行下去。但是那种使我们得以相互沟通的深切的爱和理解却比所有的人所预期的都更快地重建起来。两天左右，我们就完全知道了每个人的感情和学术近况。我们自由地讨论着对国家的政治形势、家庭经济、战争中沉浮的人物和团体，很容易理解彼此对那些事为什么会有那样的感觉和想法。即使谈话漫无边际，几个人之间也情投意合，充溢着相互信任的暖流，在这个多事之秋的突然相聚，又使大家满怀感激和兴奋……

直到此时我才明白，当那些缺少旅行工具的唐宋时代的诗人们在遭贬谪的路上，突然在什么小客栈或小船中或某处由和尚款待的庙里和朋友不期而遇时的那种欢乐，他们又会怎样地在长谈中推心置腹！

我们的时代也许和他们不同，可这次相聚却很相似。我们都老了，都有过贫病交加的经历，忍受了漫长的战争和音信的隔绝，现在又面对着伟大的民族奋起和艰难的未来。

此外，我们是在远离故土，在一个因形势所迫而不得不住下来的地方相聚的。渴望回到我们曾度过一生中最快乐的时光的地方，就如同唐朝人思念长安、宋朝人思念汴京一样。我们遍体鳞伤，经过惨痛的煎熬，使我们身上出现了或好或坏或别的什么新品质。我们不仅体验了生活，也受到了艰辛生活的考验。我们的身体受到严重损伤，但我们的信念如故。现在我们深信，生活中的苦与乐其实是一回事。

对张奚若为她安排的住处唐家花园，林徽因描述道——

所有最美丽的东西都在守护着这个花园，如洗的碧空、近处的岩石和远处的山峦……这是我在这所新房子里的第十天。这房间宽敞、窗户很大，使它有一种如戈登·克雷早期舞台设计的效果。甚至午后的阳光也像是听从他的安排，幻觉般地让窗外摇曳的桉树枝桠把它们缓缓移动的影子映洒在天花板上！

如果我和老金能创作出合适的台词，我敢说这真能成为一出精彩戏剧的布景。但是此刻他正背着光线和我，像往常一样戴着他的遮阳帽，坐在一个小圆桌旁专心写作。

这里的海拔或是什么别的对我非常不利，弄得我喘不过气来，常觉得好像刚刚跑了几英里。所以我只能比在李庄时还更多地静养。他们不让我多说话，尽管我还有不少话要说。可是这样的"谈话"真有点辜负了那布景。

昆明永远那样美，不论是晴天还是下雨。我窗外的景色在雷雨前后显得特别动人。在雨中，房间里有一种难以言状的浪漫氛围——天空和大地突然一起暗了下来，一个人在一个外面有个寂静的大花园的冷清的屋子里。这是一个人一生也忘不了的。

十八

1946 年 7 月末梁、林全家回到他们思念已久的北京。不久，梁思成受到普林斯顿大学和耶鲁大学的邀请，到美国进行学术访问，其间并受聘为联合国大厦设计委员会委员，参与了大厦的设计工作。1947 年夏，林徽因病情突然恶化，须做肾切除手术。梁思成匆匆赶回北京。在给费慰梅的信中，林徽因描写了梁思成带给她的礼物——

在一个庄严的场合，梁先生向我展示了他带回的那些可以彻底拆、拼、装、卸的技术装备。我坐在床上，有可以调整的帆布靠背、前面放着可以调节的读写小桌，外加一台经过插入普通电源的变压器的录音机，一手拿着放大镜、另一手拿着话筒，一副无忧无虑的现代女郎的架式，颇像卓别林借助一台精巧的机器在啃老玉米棒子。

关于那录音机——

我们确实听到了录在磁盘上的各种问候。但是全都不对头了，思成听起来像梅贻琦先生、慰梅像费正清、而费正清近乎保罗·罗伯逊。其中最精彩的是阿兰的，这当然在意料之中。我非常自豪，能收藏一位专业艺术家的“广播”录音。不过迄今我还没有按这机器应有的用途来做什么，只是让孩子们录些闹着玩的谈话。我觉得好像乾隆皇帝在接受进贡的外国钟表。我敢说他准让嫔妃们好好地玩了一阵子。

十九

**1947 年 10 月：林徽因入院做术前检查——

我应当告诉你我为什么到医院来。别紧张。我只是来做个全面体检。做一点小修小补——用我们建筑术语来说，也许只是补几处漏顶和装几扇纱窗。昨天下午，一整队实习和住院大夫来彻底检查我的病历，就像研究两次大战史一样。我们（就像费正清常做的那样）拟定了一个日程，就我的眼睛、牙齿、肺、肾、饮食、娱乐和哲学建立了不同的分委员会。巨细无遗，就像探讨今日世界形势的那些大型会议一样，得出了一大堆结论。同时许多事情也在着手进行，看看都是些什么地方出了毛病；用上了所有的现代手段和技术知识。如果结核菌现在不合作，它早晚也得合作。这就是其逻辑。

……（这医院）是民国初年建的一座漂亮建设：一座“袁世凯式”、由外国承包商盖的德国巴罗克式四层楼房！我的两扇朝南的狭长前窗正对着前庭，可以想象1901年时那些汽车、马车和民初的中国权贵们怎样装点着那水泥铺成的巴罗克式的台阶和通道。

二十

**** 此后，林徽因情况略有好转，她终于游了一次颐和园——**

在颐和园里面，我不得不花七万元[1]雇了一顶可以往返的滑竿，一直来到宫殿后面的山顶。这是我最爱的地方，当年曾带史坦因夫妇去过。这是一次大成功。夜雨之后，天气好极了。可以看到四周围几英里的地方。孩子们走路陪着我，高兴极了。看见他们前呼后拥，我觉得自己像个大贵族。老金和思成特别好，替我们看家。……你看，我从深渊里爬出来，来干这些可能被视为“不必要的活动”；没有这些我也许早就不在了，像盏快要熄的油灯那样，一眨、一闪，然后就灭了！

二十一

**** 同年12月24日，林徽因做了肾切除，进手术室前，她向慰**

1. 国民党统治时期的旧币。

梅诀别——

再见，最亲爱的慰梅。要是你能突然闯进我的房间，带来一盆花和一大串废话和笑声该有多好。

二十二

** 在林出院后的一封信中，少有地发表了她的一些政治见解——

右派愚蠢的思想控制和左派对思想的刻意操纵足可以让人长时间地沉思和沉默。我们离你们国家所享有的那种自由主义还远得很，而对那些有幸尚能温饱的人来说，我们的经济生活意味着一个人今天还腰缠万贯，明天就会一贫如洗。当生活整个乱了套的时候，我在病榻上的日子更毫无意义。

二十三

**1948 年 12 月上旬，林徽因收到费正清的新著《美国与中国》后，给费慰梅写了最后一信——

现在我觉得我们大概只有一两个月能自由地给在美国的你们大家写信了，也许是因为不能通邮或别的什么障碍，我觉得憋得喘不上气、说不出话。即使是这封信，我希望它能在圣诞节前或过节时寄到。

谢谢你们寄来的书，特别是其中最后一本，费正清自己的杰作，多好的书啊！我们当然欣赏、钦佩、惊奇和进行了许多讨论，大家都对这书有非常非常深的印象。有时我们互相以热情赞美的话说，费正清显然是把握了我们华夏臣民的复杂心态，或知道我们对事物的不同感觉，所以，这不是那种洋鬼子的玩意儿；此刻对于一个现代中国人来说，它一点儿也不是。张奚若热情地说，他喜欢费正清的书，“没有一处是外人的误解……他懂得的真不少”等等。老金说这是对我们的一个“合理而科学的”总结，费正清“对有些事有着基本的理解，他和别的外国人真是不一样”。而我和思成非常惊讶，它真的全然没有外国人那种善意的误解、一厢情愿的期望或失望。我尤其欣赏费正清能够在谈到西方事物时使用西方词汇、谈中国事物用中国词汇，而同一个西方语言却既能让美国读者以自己的语汇来读关于中国的事，又能让中国读者用另一种语汇来读关于自己国家的事。我们对这一点都特别欣赏。

此外，我们还常常以最大的钦佩而且毫不感到羞耻地互相指出，有许多关于中国的事实我们竟是从他这里才生平第一次知道！例如，有趣的是，我从不知道玉米和白薯是这么晚才来到中国的；还有特别是那些关于中西方关系的事件。

换句话说：我们都极为赞赏费正清的这本得意之作。自从费慰梅重建武梁祠以来，梁氏夫妇还没有这么高兴过呢。

我唯一的遗憾，如果说有的话，是在这本总结性的著作中没有涉及中国艺术，尽管我也看不出艺术与国际关系何干。即便如此，艺术是我们生活中那样重要的一部分，如果要一般地谈论我们的话，艺术也是不可少的，那是我们潜意识中的一个组成部分。……当我提到艺术的时候，当然也指诗，但可能也指由我们的语言、我们特有的书法、构词、文学和文化传统所引发的情感和审美情趣。我们特殊的语言实际上由三部分组成：修词、诗，只有一部分才是直截了当的言语……我想说的也许是，正是这种内涵丰富的“语言——诗——艺术的综合”造就了我们，使我们会这样来思索、感觉和梦想……

简言之，我认为艺术对我们精神的塑造和我们的饮食对我们身体的塑造一样重要。我深信，我们吃米饭和豆腐会不可避免地使我们同那些大块吃牛排、大杯喝牛奶，外加奶油蛋糕或馅饼的人有所不同。同样，坐在那里研墨，耐心地画一幅山水画的人，肯定和熟悉其巴尔扎克风格或后印象主义画派和晚期马第瑟和毕加索，住在巴黎拉丁区的叛逆青年（或专程到墨西哥去旅行以一睹墨西哥壁画的年轻人）全然不是一个类型……

以上全是我自己私下里的一点书评，不过是为了想争论一下，而费正清对善意的争论总是很来劲的。寄这封信得花我一大笔钱了！

说到政治观点，我完全同意费正清。这意味着自从上次我们在重庆争论以来我已经接近了他的观点——或者说，因为两年来追踪每天问题的进展，我已经有所改变，而且觉得费正清是对的。我很高兴能够如此。顺便说一句，因为我对许多事情无知，我非常感谢费正清对中国生活、制度和历史中的许多方面的高瞻远瞩、富有教益的看法。因其对自己的事很熟悉，我常不愿去做全面的观察或试图把它闹清楚。所以读费正清的书对我们极有吸引力，我们也要让年轻一代来读它。

也许我们将很久不能见面——我们这里事情将发生很大变化，虽然我们还不知道是什么样的变化，是明年还是下个月。但只要年轻一代有有意义的事可做，过得好、有工作，其他也就无所谓了。

致傅斯年

孟真先生：

接到要件一束，大吃一惊，开函拜读，则感与惭并，半天作奇异感！空言不能陈万一，雅不欲循俗进谢，但得书不报，意又未安。踌躇了许久仍是临书木讷，话不知从何说起！

今日里巷之士穷愁疾病，屯蹶颠沛者甚多。固为抗战生活之一部，独思成兄弟年来蒙你老兄种种帮忙，营救护理无所不至，一切医药未曾欠缺，在你方面固然是存天下之义，而无有所私，但在我们方面虽感到 Lucky[1] 终增愧悚，深觉抗战中未有贡献，自身先成朋友及社会上的累赘的可耻。

现在你又以成永兄弟危苦之情上闻介公[2]，从细之事累及泳霓先生[3]，为拟长文说明工作之优异，侈誉过实，必使动听，深知老兄苦心，但读后惭汗满背矣！

尤其是关于我的地方，一言之誉可使我疚心疾首，夙夜愁痛。日念平白吃了三十多年饭，始终是一张空头支票难得兑现。好容易盼到孩子稍大，可以全力工作几年，偏偏碰上大战，转入井臼柴米的阵地，五年大好光阴又失之交臂。近来更胶着于疾病处残之阶段，体衰

1.Lucky，幸运。

2. 指蒋介石。

3. 泳霓，翁文灏字。时为重庆国民政府经济部长兼资源委员会主任。

智困，学问工作恐已无分（份），将来终负今日教勉之意，太难为情了。

素来厚惠可以言图报，唯受同情，则感奋之余反而缄默，此情想老兄伉俪皆能体谅，匆匆这几行，自然书不尽意。

思永已知此事否？思成平日谦谦怕见人，得电必苦不知所措。希望泳霓先生会将经过略告知之，俾引见访谢时不至于茫然，此问

双安

附：傅斯年致朱家骅

骝先吾兄左右：

兹且一事与兄商之。梁思成、思永兄弟皆困在李庄。思成之困，是因其夫人林徽音女士生了 T. B.，卧床二年矣。思永是闹了三年胃病，甚重之胃病，近忽患气管炎，一查，肺病甚重。梁任公家道清寒，兄必知之，他们二人万里跋涉，到湘、到桂、到滇、到川，已弄得吃尽当光，又逢此等病，其势不可终日，弟在此看着，实在难过，兄必有同感也。弟之看法，政府对于他们兄弟，似当给些补助，其理如下：

一、梁任公[1]虽曾为国民党之敌人，然其人于中国新教育及青年之爱国思想上大有影响启明之作用，在清末大有可观，其人一生未尝有心做坏事，仍是读书人，护国之役，立功甚大，此亦可谓功在民国者也。其长子、次子，皆爱国向学之士，与其他之家风不同。国民党此时应该表示宽大。即如去年蒋先生赙蔡松坡[2]夫人之丧，弟以为甚

1. 即梁启超。

2. 蔡松坡，即蔡锷。

得事体之正也。

二、思成之研究中国建筑，并世无匹，营造学社，即彼一人耳（在君[1]语）。营造学社历年之成绩为日本人羡妒不置，此亦发扬中国文物之一大科目也。其夫人，今之女学士，才学至少在谢冰心辈之上。

三、思永为人，在敝所同事中最有公道心，安阳发掘，后来完全靠他，今日写报告亦靠他。忠于其职任，虽在此穷困中，一切先公后私。

总之，二人皆今日难得之贤士，亦皆国际知名之中国学人。今

1. 在君，即丁文江的字，地质学家，是梁启超的朋友。在国民党时期曾任中央研究院总干事。

日在此困难中，论其家世，论其个人，政府似皆宜有所体恤也。未知吾兄可否与陈布雷先生[1]一商此事，便中向介公一言，说明梁任公之后嗣，人品学问，皆中国之第一流人物，国际知名，而病困至此，似乎可赠以二三万元（此数虽大，然此等病症，所费当不止此也）。国家虽不能承认梁任公在政治上有何贡献，然其在文化上之贡献有不可没者，而名人之后，如梁氏兄弟者，亦复甚少！二人所作皆发扬中国历史上之文物，亦此时介公所提倡者也。此事弟觉得在体统上不失为正。弟平日向不赞成此等事，今日国家如此，个人如此，为人谋应稍从权。此事看来，弟全是多事，弟于任公，本不佩服，然知其在文运上之贡献有不可没者，今日徘徊思永、思成二人之处境，恐无外边帮助要出事，而此帮助似亦有其理由也。此事请兄谈及时千万勿说明是弟起意为感。如何？乞示及，至荷。专此

敬颂

道安

弟斯年谨上　四月十八日

弟写此信，未告二梁，彼等不知。

因兄在病中：此写了同样信给泳霓，泳霓与任公有故也。弟为人谋，故标准看得松。如何？

弟年又白

1. 陈布雷为当时国民党要员，蒋介石侍从室主任。

致金岳霖[1]

老金：

多久多久了，没有用中文写信，有点儿不舒服。

John[2]到底回美国来了，我们愈觉到寂寞，远，闷，更盼战事早点结束。

一切都好。近来身体也无问题的复原，至少同在昆明时完全一样。本该到重庆去一次，一半可玩，一半可照X光线等。可惜天已过冷，船甚不便。

思成赶这一次大稿[3]，弄得苦不可言。可是总算了一桩大事，虽然结果还不甚满意，它已经是我们好几年来想写的一种书的起头。我得到的教训是，我做这种事太不行，以后少做为妙，虽然我很爱做。自己过于不efficient[4]，还是不能帮思成多少忙！可是我学到许多东西，有趣的材料，它们本身于我也还是有益。

已经是半夜，明早六时思成行。

我随便写几行，托John带来，权当晤面而已

徽寄爱

1. 原信无日期，据推断，时应在1943年11月下旬，写于李庄。

2. John即费正清。

3. 指梁思成当时正在用英文撰写的《图像中国建筑史》。

4. 有效率。

致梁思成[1]

一

思成：

…………

我现在正在由以养病为任务的一桩事上考验自己，要求胜利完成这个任务，在胃口方面和睡眠方面都已得到非常好的成绩，胃口可以得到九十分，睡眠八十分。现在最难的是气管，气管影响痰和呼吸又影响心跳甚为复杂，气管能进步一切进步最有把握，气管一坏，就全功尽废了。

我的工作现实限制在碑建会设计小组的问题，[2]有时是把几个有限的人力拉在一起组织一下分配一下工作，技术方面讨论如云纹，如碑的顶部；有时是讨论应如何集体向上级反映一些具体意见作一两种重要建议，今天就是刚开了一次会有阮邱莫吴梁[3]连我六人，前天已开过一次拟了一信稿呈郑副主任和薛秘书长的，今天阮将所拟稿带来又修正了一次今晚抄出大家签名明天可以发出（主要①要求立即通知施工组停扎钢筋，美工合组事难定了尚未开始，所以②也趁此时再要

1. 此信写于1953年3月12日。

2. 指当时正在设计中的人民英雄纪念碑。

3. 阮邱莫吴梁，其中莫指莫宗江，吴指吴良镛。

求增加技术人员加强设计实力，③反映我们对去掉大台认为对设计有利，可能将塑型改善，而减掉复杂性质的陈列室和厕所设备等等使碑的思想性明确单纯许多）。再冰小弟都曾回来，娘也好，一切勿念。信到时可能已过三月廿一日了。

天安门追悼会的情形[1]已见报我不详写了。

昨李崇津[2]由广西回来还不知道你到莫斯科呢。

徽因 三月十二日写完

二[3]

思成：

今天是十六日。此刻黄昏六时，电灯没有来，房很黑又不能看书做事，勉强写这封信已快看不见了。十二日发一信后仍然忙了碑的事。今天小吴老莫都到城中开会去，我只能等听他们的传达报告了。讨论内容为何几方面情绪如何，决议了什么具体办法，现在也无法知道。昨天是星期天，老金不到十点钟就来了，刚进门再冰也回来，接着小弟来了，此外无他人谈得正好去又从无线电中传到捷克总统逝世消息。这种消息来在那样沉痛的斯大林同志的殡仪之后，令人发愣发呆，不能相信不幸的事可以这样的连着发生。大家心境又黯然了……

中饭后老金小弟都走了。再冰留到下午六时，她又不在三月结

1. 指斯大林的追悼会。

2. 李崇津，清华大学建筑系美术教授，油画家。

3. 此信紧接上信，时间是1953年3月17日。

婚了，想改到国庆，理由是于中干[1]说他希望在广州举行，那边他们两人的熟人多条件好再冰可以玩一趟。这次他来时间不够也没有充分心理准备，六月又太热。我是什么都赞成。反正孩子高兴就好。

我的身体方面吃得那么好睡得也不错，而不见胖，还是爱气促和闹清痰打“呼噜出泡声”，血脉不好好循环冷热不正常等等，所以疗养还要彻底，病状比从前深点，新陈代谢作用太坏，恢复的现象极不显著，也实在慢，今天我本应该打电话问校医室血沉率和痰化验结果的，今晚便可以报告，但因害怕结果不完满因而不爱去问！

学习方面可以报告的除了报上主要政治文章和理论文章外，我连着看了四本书都是小说式传记。都是英雄的真人真事……

还要和你谈什么呢？又已经到了晚饭时候该吃饭了只好停下来

1. 于中干，系林徽因梁思成长女梁再冰的丈夫。

（下午一人甚闷时关肇业来坐一会儿很好太闷着看书觉到晕昏）（十六日晚写）

十七日　续我最不放心的是你的健康问题，我想你的工作一定很重你又容易疲倦，一边又吃 Rimifon[1] 不知是否更易累和困，我的心里总惦着，我希望你停 Rimifon 吧已经满两个半月了。苏联冷，千万注意呼吸器官的病。

昨晚老莫回来报告，大约把大台[2] 改低是人人同意，至于具体草图什么时候可以画出并决定是真真伤脑筋的事尤其是碑顶仍然意见分歧。

徽因匆匆写完三月十七午

---

1. 雷米封，一种防治结核病的药。

2. 指人民英雄纪念碑的基座。

附：

徐志摩致林徽因[1]

徽音：

我愁望着云泞的天和泥泞的地，直担心你们上山[2]一路平安。到山上大家都安好否？我在记念。

我回家累得直挺在床上，像死人——也不知哪来的累。适之[3]在午饭时说笑话，我照例照规矩把笑放上嘴边，但那笑仿佛离嘴有半尺来远，脸上的皮肉像是经过风腊，再不能活动！

下午忽然诗兴发作，不断地抽着烟，茶倒空了两壶，在两小时内，居然诌得了一首。哲学家[4]上来看见，端详了十多分钟，然后正色的说"It is one of your very best. "[5]但哲学家关于美术作品只往往挑错的东西来夸，因而，我还不敢自信，现在抄了去请教女诗人，敬求指正！

---

1. 此信写作时间约 1931 年 7 月 7 日。

2. "上山"指香山。1931 年夏，林徽因全家曾到香山静宜园双清小住。由此推断，徐诗及信写于 1931 年。

3. "适之"，胡适号适之。

4. "哲学家"，指金岳霖。

5. 意为："这是你最好的诗之一。"

雨下得凶，电话电灯会断。我讨得半根蜡，匐伏在桌上胡乱写。上次扭筋的脚有些生痛。一躺平眼睛发跳，全身的脉搏都似乎分明的觉得。再有两天如此，一定病倒——但希望天可以放晴。

思成恐怕也有些着凉，我保荐喝一大碗姜糖汤，妙药也！宝宝老太[1]都还高兴否？我还牵记你家矮墙[2]上的艳阳。此去归来时难说完，敬祝

山中人“神仙生活”，快乐康强！

脚疼人

洋郎牵（洋）牛渡（洋）河夜

1. 宝宝老太，指林徽因的女儿和母亲。

2. “你家矮墙”，应是指林徽因双清住处的围墙。

图书在版编目（CIP）数据

生命中无意的宁静 / 林徽因著. -- 武汉 : 长江文艺出版社，2015.11(2023.3 重印)
（名家散文经典 : 精装美绘版）
ISBN 978-7-5354-8154-2

Ⅰ. ①生… Ⅱ. ①林… Ⅲ. ①散文集—中国—现代
Ⅳ. ①I266

中国版本图书馆 CIP 数据核字(2015)第 155179 号

责任编辑：施柳柳　　责任校对：毛季慧
封面设计：徐慧芳　　责任印制：邱　莉　杨　帆

出版：长江出版传媒　长江文艺出版社
地址：武汉市雄楚大街 268 号　　邮编：430070
发行：长江文艺出版社
电话：027—87679360
http://www.cjlap.com
印刷：三河市百盛印装有限公司

开本：880 毫米×1230 毫米　1/32　　印张：7　　插页：4 页
版次：2015 年 11 月第 1 版　　2023 年 3 月第 4 次印刷
字数：145 千字

定价：48.00 元

版权所有，盗版必究（举报电话：027—87679308　87679310）
（图书出现印装问题，本社负责调换）